STAR TREK
PORTAL DO TEMPO

A. C. CRISPIN

STAR TREK
PORTAL DO TEMPO

TRADUÇÃO:
NORBERTO DE PAULA LIMA

STAR TREK / PORTAL DO TEMPO

TÍTULO ORIGINAL:
Star Trek / Yesterday's Son

COPIDESQUE:
Sandra Pereira

REVISÃO:
Pausa Dramática
Isadora Prospero
Balão Editorial

CAPA:
Desenho Editorial

PROJETO GRÁFICO E DIAGRAMAÇÃO:
Project Nine

ILUSTRAÇÃO DE CAPA:
Two Dots

DIREÇÃO EXECUTIVA:
Betty Fromer

DIREÇÃO EDITORIAL:
Adriano Fromer Piazzi

EDITORIAL:
Daniel Lameira
Katharina Cotrim
Mateus Duque Erthal
Bárbara Prince
Júlia Mendonça
Andréa Bergamaschi

COMUNICAÇÃO:
Luciana Fracchetta
Lucas Ferrer Alves
Pedro Henrique Barradas
Renata Assis
Ester Vitkauskas
Stephanie Antunes

LOGÍSTICA:
Johnson Tazoe
Sergio Lima
William dos Santos

COMERCIAL:
Orlando Rafael Prado
Fernando Quinteiro
Lidiana Pessoa
Roberta Saraiva
Ligia Carla de Oliveira
Eduardo Cabelo

FINANCEIRO:
Roberta Martins
Rafael Martins
Rogério Zanqueta
Sandro Hannes

CONSELHO DA FEDERAÇÃO:
Pierluigi Piazzi
Silvio Alexandre
Silvino Brejão
Goreth Hermogenes
Milton Silva Jr.
Paulo A. de Mendonça
Alcides da Silva Quinteiro

COPYRIGHT © PARAMONT PICTURES, 1983
COPYRIGHT © EDITORA ALEPH, 2016
(EDIÇÃO EM LÍNGUA PORTUGUESA PARA O BRASIL)

TODOS OS DIREITOS RESERVADOS.
PROIBIDA A REPRODUÇÃO, NO TODO OU EM PARTE, ATRAVÉS DE
QUAISQUER MEIOS.

N EDITORA ALEPH

Rua Lisboa, 314
05413-000 – São Paulo – SP – Brasil
Tel.: [55 11] 3743-3202
www.editoraaleph.com.br

**DADOS INTERNACIONAIS DE CATALOGAÇÃO NA PUBLICAÇÃO (CIP)
(CÂMARA BRASILEIRA DO LIVRO, SP, BRASIL)**

Crispin, A. C.
Star Trek : Portal do tempo / A. C. Crispin ;
tradução Norberto de Paula Lima. -- São Paulo : Aleph, 2016.

Título original: Star Trek : Yesterday's son.
ISBN 978-85-7657-264-0

1. Ficção científica norte-americana I. Título.

15-06243 CDD-813.0876

ÍNDICES PARA CATÁLOGO SISTEMÁTICO:
1. Ficção científica : Literatura: norte-americana 813.0876

Dedicado às minhas avós maravilhosas,
a quem agradeço por uma vida de amor e
carinho; e a meu filho, Jason Paul Crispin.

Diário do editor, data estelar: 2016.3

Caro leitor,

No final do século 20, mais especificamente em 1992, a Editora Aleph lançava, pela primeira vez no Brasil, *Portal do tempo*. Esta importante obra de A. C. Crispin marcou o início de uma coleção de romances baseados em Star Trek. Entre a ponte de comando do capitão Kirk e a de Jean-Luc Picard, milhares de leitores brasileiros tiveram a oportunidade de viajar com a Frota Estelar, explorando novos mundos e se fascinando ainda mais com o universo de Star Trek. Foram mais de vinte títulos, que ganharam vida graças ao projeto editorial do Prof. Pier Piazzi, fundador da Aleph, e do editor Sílvio Alexandre. Mais de duas décadas se passaram e é com muito prazer que a Aleph apresenta uma nova coleção Star Trek, com reedições e títulos inéditos.

Os leitores que estão familiarizados com a série já podem assumir seu lugar na *Enterprise* e viajar conosco. Os tripulantes de primeira viagem também são muito bem-vindos – encontrarão nas páginas iniciais deste livro a apresentação dos personagens e, no final, algumas informações úteis do universo de Star Trek. Para ajudar a entrar no clima dessa jornada, esta edição traz também um prefácio do jornalista e escritor Salvador Nogueira, que fala da importância da série de Gene Roddenberry e explica por que, geração após geração, seus personagens continuam cativando e inspirando fãs de toda a Terra.

Vida longa e próspera.

Os editores

PREFÁCIO

Um leitor desavisado, folheando distraidamente este livro, poderia achar que se trata de apenas mais uma peça numa longa esteira de produtos gerados pelo rolo compressor da moderna indústria do entretenimento. E ele não poderia estar mais enganado.

Portal do tempo fez história em 1983, ao se tornar o primeiro romance original de Star Trek a entrar na prestigiosa lista de mais vendidos do jornal americano *The New York Times*, e não foi por acaso. Estamos falando de uma história apaixonante para os fãs da velha guarda e ao mesmo tempo plenamente acessível a um público que pode não estar familiarizado com os personagens e o universo da série original – embora, claro, não faltem referências a eventos e locais mostrados nos episódios.

Quando o livro foi lançado, a franquia já estava surfando no sucesso de suas primeiras empreitadas cinematográficas. Mas o enredo de *Portal do tempo* foi concebido muitos anos antes, gestado na mente fértil de uma então jovem fã da série, que tinha muito talento, vontade de escrever e paciência. Ann C. Crispin criou suas primeiras histórias envolvendo Kirk, Spock e o resto da tripulação da nave estelar *Enterprise* em 1967, quando tinha apenas 17 anos. A primeira temporada da série chegara ao fim, e Crispin não queria esperar até rever seus personagens favoritos em aventuras inéditas. Ela mesma admitiu mais tarde que suas primeiras tentativas não eram lá muito inspiradas ("felizmente, se perderam nas brumas do tempo"), mas isso de modo algum a desanimou.

Sua ambição era tornar-se escritora profissional. Entretanto, como todos os escritores profissionais sabem, o começo nunca é fácil. Depois de cursar literatura inglesa na Universidade de Maryland, tudo o que Crispin conseguiu foi um emprego no United States Census Bureau (a agência responsável pela realização dos censos demográficos nos Estados Unidos). Entre a numeralha e a papelada, vez por outra um certo vulcano de orelhas pontudas parecia sussurrar telepaticamente uma história em sua mente. Era como se o enredo já existisse, em algum lugar do passado, e estivesse apenas à espera de ser lembrado.

Finalmente aconteceu, em 1978, quando Crispin foi a uma convenção de fãs de Star Trek e reviu, após muitos anos, o episódio "Todos os nossos ontens" ("All Our Yesterdays"), da terceira e última temporada da série original. Nele, Spock volta acidentalmente ao passado remoto de um planeta alienígena chamado Sarpeidon e vai parar em um inóspito deserto glacial, acompanhado apenas pelo doutor McCoy. A travessia pelo tempo não ocorre sem efeitos colaterais – o oficial de ciências da *Enterprise* se torna tão passional quanto eram seus ancestrais vulcanos de 5 mil anos antes. Livre das amarras que normalmente o levam a reprimir suas emoções, Spock se apaixona por uma mulher, a bela Zarabeth.

"Aquele episódio ficou na minha cabeça, e eu me peguei pensando sobre ele um dia pela manhã, enquanto dirigia para o trabalho. Fiquei me perguntando o que teria acontecido a Zarabeth depois que Spock a deixou naquela era glacial de Sarpeidon", relembrou Crispin. "De repente, a imagem de uma pintura rupestre surgiu na minha cabeça, e a próxima coisa que notei foi que a história inteira de *Portal do tempo* já estava lá, pronta. Comecei a escrever naquela noite mesmo, depois do trabalho, e simplesmente continuei escrevendo."

Com o livro terminado, Crispin resolveu tentar a sorte e submetê-lo à editora que detinha os direitos sobre as publicações baseadas em Star Trek nos Estados Unidos, a Pocket Books. Enviou o manuscrito e então esperou, esperou e esperou. Três anos depois, recebeu uma resposta – eles finalmente haviam decidido publicá-lo. Dali para a lista do *The New York Times* foi um pulinho. Com o sucesso repentino, Crispin de imediato se tornou uma escritora de prestígio e pôde se dedicar inteiramente à literatura. Ao longo de sua carreira, ela produziria vários romances em seu próprio universo ficcional e em outras franquias do cinema e da televisão, mas jamais perderia o amor por Star Trek. Além de outros três livros *trekkers*, também é autora de uma trilogia centrada em Han Solo, um dos personagens mais populares do universo de Star Wars.

Alguém poderia pensar que Crispin simplesmente deu sorte. Mas isso não explica como o mesmo aconteceu tantas e tantas vezes, com tantos autores, nas últimas cinco décadas. O número de escritores de ficção científica de sucesso que beberam na fonte de Star Trek é impressionante. Quase tão impressionante quanto a capacidade que a franquia tem de atrair grandes talentos para contribuírem com a expansão de seu universo ficcional, que desde então já emplacou muitos livros na prestigiosa lista do *The New York Times*. Por que isso acontece? O que há de tão especial nessa série de televisão dos anos 1960 – e nas outras quatro séries ambientadas no mesmo universo – que serve até hoje de musa inspiradora para tantos artistas brilhantes?

Muitas pessoas envolvidas diretamente com a franquia – atores, diretores, produtores, roteiristas e até mesmo o criador, Gene Roddenberry – já tentaram explicar o fenômeno.

Seria talvez o fato de que Star Trek oferece à humanidade a esperança de um futuro próspero e inclusivo? A bordo da *Enterprise*, não encontramos as grandes mazelas que marcaram o último século de nossa história, como a sede por violência, a ganância desmedida, a pobreza material e espiritual e o preconceito racial ou de gênero. Em vez disso, vemos a humanidade irmanada numa causa comum – a busca pelo conhecimento e a exaltação do espírito humano, o famoso "explorar novos mundos, pesquisar novas vidas e novas civilizações, audaciosamente indo onde ninguém jamais esteve". A *Enterprise* é basicamente uma representação da própria Terra, com toda a sua diversidade cultural. Trata-se de uma utopia de ficção científica, num gênero que é muito frequentemente marcado por cenários distópicos, deprimentes e apocalípticos.

Ou será que o charme de Star Trek está na incrível antevisão que a série teve a respeito do nosso futuro tecnológico? Os telefones celulares foram inspirados pelos comunicadores usados pela tripulação da *Enterprise*, os sensores médicos atuais estão quase chegando ao mesmo nível de sofisticação dos instalados na enfermaria de uma nave estelar fictícia do século 23 e a Nasa descobriu incontáveis planetas em torno de outras estrelas, o que sugere que o universo retratado na ficção pode mesmo ser uma aproximação de nossa futura realidade. Hoje, sistemas de inteligência artificial já fazem traduções automáticas quase tão bem quanto o fabuloso tradutor universal usado pelos exploradores da Frota Estelar ao se comunicar com formas de vida inteligentes espalhadas pela galáxia. Físicos em nossos laboratórios já fazem experimentos com teletransporte de partículas – talvez um precursor modesto do teletransporte de pessoas, outra marca registrada de Star Trek. O número de escritores inspirados pela franquia talvez só seja menor que o número de cientistas.

Há ainda aqueles que acham que o verdadeiro prazer de ser fã é poder submergir no intrincado universo fictício da série – cheios de planetas e culturas cuja história foi ricamente descrita em tantos livros e episódios, produzidos ao longo de décadas. As diversas encarnações de Star Trek, nos últimos 50 anos, detalharam a "história do futuro" num período que vai do século 22 ao século 24, sem contar eventuais incursões temporais a outras tantas épocas passadas e futuras e visitas a universos paralelos. Há, entre os *trekkers*, aqueles que se consideram legítimos "historiadores". Eles sabem dizer, por exemplo, exatamente em que ano o capitão Christopher Pike – antecessor de Kirk no comando da *Enterprise* – visitou o planeta Talos IV. (Caso você tenha ficado curioso, foi – ou será? – em 2254.)

Para mim, tudo isso é, para citar meu vulcano favorito, fascinante. Cada um desses elementos certamente contribui para a longevidade de Star Trek. Mas a única explicação realmente viável para sua perenidade como fenômeno cultural é também a mais simples: é tudo muito divertido!

As histórias têm o mérito de entreter e ao mesmo tempo nos conduzir à reflexão – muitas vezes trazendo em seu bojo críticas importantes sobre nosso atual momento como civilização e em outras produzindo lampejos sobre o que significa ser humano e qual é o contexto da nossa existência diante de um cosmos tão maior que nós mesmos. E o que torna tudo acessível, o que viabiliza nossa imersão nesse universo fictício incrível, são os personagens. É o carisma de Kirk, Spock, McCoy, Scotty, Sulu,

Uhura e Chekov – para ficar somente na tripulação clássica – que nos cativa e nos faz sempre voltar para mais uma aventura. Foi como me disse Leonard Nimoy, o inesquecível primeiro intérprete de Spock, quando o entrevistei, em 2003: "É uma mágica que acontece ou não acontece. Não é algo que se possa projetar cientificamente".

Mais que o universo ficcional, mais que o pano de fundo intrincado, mais que as traquitanas tecnológicas e mais que a utopia, foram os personagens de Star Trek que inspiraram Ann C. Crispin, e essa também é a maior força deste livro. *Portal do tempo* uma história tocante, que transcende barreiras culturais, e uma aventura cheia de sobressaltos e muita ação, que desafia a tripulação da *Enterprise* a dar o melhor de si – não só em batalhas espaciais e tiroteios de phaser, mas sobretudo na busca eterna por uma compreensão maior da própria natureza humana.

Em 1992, quando o saudoso professor Pierluigi Piazzi, fundador da Editora Aleph, corajosamente decidiu iniciar a publicação dos romances de Star Trek no Brasil, *Portal do tempo* foi escolhido para inaugurar a coleção. Melhor opção não poderia haver. Eu tinha apenas 13 anos na época, e lembro-me como se fosse ontem da avidez que sentia ao virar cada página – aquela magia indescritível que só a literatura pode nos proporcionar. Em minha lembrança vívida, quase posso ouvir o suave murmurar dos motores enquanto caminhava pelos corredores da *Enterprise* acompanhando atentamente a conversa entre Kirk e Spock, prestes a embarcar em mais uma perigosa jornada pelo espaço e pelo tempo. Passado e futuro se confundem, tanto na ficção como na realidade.

É emocionante pensar que agora, praticamente um quarto de século depois, o mesmo *Portal do tempo* está voltando às livrarias, pela mesma Editora Aleph, para cativar uma nova geração de fãs – possivelmente trazida a bordo pelos filmes mais recentes da franquia. Produzidos por J. J. Abrams, um dos maiores magos do cinema-pipoca no século 21, eles oferecem uma leitura mais moderna e rejuvenescida dos imortais personagens criados por Gene Roddenberry. A essência, contudo, ainda está lá. Se essa foi sua porta de entrada para Star Trek, prepare-se, porque seu universo está prestes a ficar bem maior.

Meu filho hoje tem sete anos e não vejo a hora de encontrá-lo perdido nessas mesmas páginas que tanto me encantaram décadas atrás. Espero que, como eu, essa leitura o faça acreditar, sem reservas, que a humanidade tem um futuro brilhante pela frente e que nele há lugar para todos nós. Como você está prestes a confirmar nas próximas páginas, a aventura humana está apenas começando.

Salvador Nogueira

**Jornalista, editor e criador
do site TrekBrasilis.org
São Pauo, 7 de julho de 2015.**

Espaço, a fronteira final.
Estas são as viagens da nave estelar Enterprise, em sua missão de cinco anos, para
explorar novos mundos, pesquisar novas vidas, novas civilizações,
audaciosamente indo onde ninguém jamais esteve.

PERSONAGENS

U.S.S. ENTERPRISE NCC-1701

A *United Space Ship Enterprise*, uma astronave da classe constitution, foi lançada em 2245. Sob o comando do capitão James T. Kirk, ficou famosa em toda a galáxia, tornando-se símbolo da Frota Estelar. Viajam a bordo da nave 430 pessoas, sendo 43 oficiais e 387 tripulantes.

Sua velocidade de cruzeiro é feita em dobra espacial seis – 216 vezes a velocidade da luz (c). A de emergência é feita em dobra oito – 512 vezes a velocidade da luz. Tem 400 torpedos de fóton e três bancos de phasers, com enorme poder de fogo. Todo o sistema de propulsão e armazenamento de energia é alimentado por cristais de dilítio. O casco é composto de titânio e alumínio transparente. A nave tem 302 metros de comprimento, 140 metros de diâmetro, 71 metros de altura e 21 andares.

James Tiberius KIRK é o comandante da *Enterprise* e o mais jovem capitão da Frota Estelar, com destacada folha de serviços. Recebeu as mais importantes comendas e distinções da Federação de Planetas. Natural do planeta Terra, seu sucesso não foi conquista fácil. Quando assumiu o comando da *USS Enterprise*, já havia sido ferido três vezes, e alguns de seus feitos já estavam gravados nos anais de honra da Frota. De natureza independente, é militar por formação e explorador e diplomata por vocação. Seu carisma e sua capacidade de liderança naturais despertam a confiança e lealdade de sua tripulação.

O imediato e oficial de ciências da nave *Enterprise* é **SPOCK**. Filho de um vulcano e uma terráquea, possui uma mente extremamente analítica. Recebeu a educação de um vulcano, sendo treinado em lógica, computação e controle das emoções. É devotado à ciência e guiado pela lógica, base filosófica de seu povo. Fisicamente é mais vulcano que terráqueo: seu sangue, baseado em cobre, é verde e tem pulsação média de 242 batimentos por minuto. Possui extraordinária força física e grande resistência à dor, além de capacidade telepática e habilidade para imobilizar um homem por meio do famoso "toque de vulcano".

Leonard H. MCCOY é o oficial médico-chefe da *Enterprise.* Um médico da Terra apegado às tradições e arredio à tecnologia de seu tempo – reflexo de seu temperamento extremamente humanista e romântico, o que não o impede de ser um exímio conhecedor do uso de modernos e sofisticados instrumentos médicos. É amigo e conselheiro do capitão Kirk. Tem frequentes desentendimentos com Spock. O dr. McCoy não gosta de disciplina e protocolo militar. É extrovertido, passional e sonhador, guiado pelas emoções, que o tornam, às vezes, uma pessoa irascível, mas também amável e dócil.

O tenente-comandante **Montgomery SCOTT** é engenheiro-chefe da *Enterprise.* Um escocês que possui profundo conhecimento da alta tecnologia utilizada nas astronaves, é o responsável pela engenharia e pela manutenção da nave. Assume o comando da *Enterprise* na ausência de Kirk e Spock.

Tenente **Nyota UHURA**, oficial de comunicações da *Enterprise.* Nasceu nos Estados Unidos da África, e seu nome significa "liberdade" na linguagem *swahili.* Excelente em matemática e física. Colecionadora de canções e magnífica musicista.

Tenente **Hikaru Kato SULU**, piloto da *Enterprise*. Um oriental apreciador de botânica e de personalidade romântica. Campeão interplanetário de esgrima, colecionador de armas antigas e especialista em artes marciais.

Alferes **Pavel Andreievich CHEKOV**, navegador da *Enterprise*. Um russo que frequentemente se admira pela engenhosidade de seus ancestrais soviéticos, que alegavam ter inventado e descoberto quase tudo no universo. É jovial, impulsivo e de espírito alegre.

PRÓLOGO

Dr. McCoy pegou uma torre e pousou-a de novo, tomando um dos peões de seu oponente.

– Saia dessa se puder – disse ele, recostando-se, confiante.

O homem do outro lado do tabuleiro ergueu uma sobrancelha, intrigado.

– Movimento interessante... – Spock reconheceu e recaiu na imobilidade, estudando o jogo.

McCoy sorriu. Spock concordara com uma partida do antiquado xadrez bidimensional quando o doutor fizera a sugestão. Agora o vulcano estava descobrindo que os movimentos de McCoy, mesmo que ocasionalmente a esmo, por vezes eram inspirados e desafiadores para a sua mente lógica. Não foi à toa que McCoy fora o capitão da equipe de xadrez da faculdade de medicina.

Enquanto o imediato refletia sobre a situação de sua rainha, McCoy perpassou os olhos, ociosamente, pela sala de recreação. Estava cheia de tripulantes lendo, jogando baralho ou xadrez, ou conversando em pequenos grupos. Seu olhar parou no rosto de uma bela e jovem cadete. O médico procurou em sua memória o nome dela e então se lembrou: Teresa McNair. Recém-saída da Academia, completara há pouco 23 anos. Bonitos cabelos castanhos, olhos verdes. Estava com o nariz afundado numa microleitora, perscrutando o material cuidadosamente. Enquanto ele olhava, desfrutando das pernas esbeltas, dobradas debaixo do corpo dela, com um gesto rápido, ela parou a leitora e recostou-se. Rasgou duas longas faixas de papel da impressora, levantou-se e dirigiu-se a ele.

McCoy sobressaltou-se, pois caiu em si, notando que a estivera encarando, e desviou o olhar. Um instante depois, McNair apareceu junto a ele.

– Desculpe, sr. Spock.

O imediato ergueu os olhos.

– Sim, cadete?

– O senhor poderia confirmar uma informação? A colonização inicial de Vulcano não estava confinada à região mais próxima da Zona Neutra Romulana? – A voz de McNair ergueu-se ao fazer a pergunta.

– Isso mesmo, cadete. – Spock era a paciência em pessoa, mas não estava nada receptivo.

– Então poderia explicar isto? – Colocou a extensa listagem na frente do vulcano e continuou: – Esta foto provém de dados arqueológicos publicados sobre o sistema de Beta Niobe. Isso é claramente no outro extremo da porção explorada da galáxia, e, se não houve colonização vulcana ali... – McNair parecia desconcertada ao se interromper.

Spock deu uma olhada na folha; seus olhos estreitaram. O médico ergueu os olhos para McNair.

– *Beta Niobe*? Não consigo me lembrar por quê, mas esse nome me parece familiar.

A cadete sorriu-lhe e respondeu:

– Deveria, doutor. A *Enterprise* foi a nave destacada para alertar o povo de Sarpeidon de que Beta Niobe iria se transformar em *nova*. Acredito que o senhor esteve no grupo de terra. Havia uma enorme biblioteca no planeta. Nossos computadores fizeram uma varredura dela e gravaram toda a informação, antes que Sarpeidon fosse destruído. A informação arqueológica que eu estava estudando veio diretamente da biblioteca de Atoz.

Virou-se para Spock, que ainda estava estudando a listagem.

– A datação por nêutrons indica que as pinturas que o senhor está vendo têm 5 mil anos de idade: foi a última era glacial de Sarpeidon. Aqui está uma ampliação daquele rosto que se vê à esquerda. – Abriu outra folha diante do imediato.

Spock inclinou-se, defrontando-se com um rosto, na caverna, e McCoy ficou um pouco assustado com a profunda absorção do outro. O médico curvou-se para poder ver as fotos.

A que estava mais próxima mostrava a parede de uma caverna, cinza, com luzes avermelhadas. A primeira pintura era uma cena de caça. Dois vultos – humanoides – enfrentavam duas grandes criaturas. Uma parecia um leão com pescoço fino e pelos compridos. O outro ficava sobre as patas traseiras, semelhante a um urso, resultado de alguma obra coletiva. Orelhas de abano, focinho comprido – parecia cômico, exceto por aquela boca cheia de dentes e uma altura duas vezes superior à dos caçadores.

No extremo esquerdo da parede, outra pintura, menor, de um rosto. McCoy esticou o pescoço para ver a outra foto, ampliação daquele rosto.

Com um brilho branco fantasmagórico contra a pedra escura da caverna, o rosto parecia flutuar na frente dos olhos incrédulos do médico. Olhos puxados, uma mecha de cabelo escuro, nariz e boca. O estilo era primitivo, mas expressivo, e as feições foram desenhadas com muito cuidado. Inclusive as orelhas pontudas.

McCoy olhou para Spock, cuja expressão estava mais ausente que nunca. A boca do médico ficara seca, e a voz mal conseguiu pronunciar:

– Sarpeidon? Faz dois anos que nós... – Calou-se, e encostou na cadeira de novo, mordendo o lábio.

Spock voltou-se para McNair.

– Talvez uma anomalia genética ou uma etnia com um interessante desenvolvimento paralelo. Ou possivelmente uma representação de um ser mitológico. Lembre-se de Pã, do folclore da Terra. Gostaria que me deixasse examinar aquela fita, depois de terminar, cadete – a voz do vulcano estava perfeitamente normal. McNair assentiu e afastou-se, levando as listagens consigo.

Spock voltou-se para seu adversário no xadrez.

– Se não se importa, doutor, gostaria de continuar nosso jogo. Volto ao serviço em 45,3 minutos. Já pensei num jeito de enfrentar seu interessante, mas ilógico, ataque.

McCoy estreitou os olhos.

– É a sua vez de jogar, Spock. Ou será que esqueceu?

O vulcano mal olhou para o tabuleiro, enquanto movia rapidamente um bispo. O médico não deixou de perceber o tremor, imediatamente controlado, naqueles dedos compridos.

McCoy aproveitou a oportunidade, recolocando sua cadeira no lugar.

– Nunca tive dúvida de que você venceria, Spock. Afinal, toda essa lógica deve servir para alguma coisa!

Mas foi McCoy quem ganhou o jogo.

UM

Diário do capitão, data estelar: 6324.09

Nossa presente missão, de mapear o Setor 70.2 deste quadrante ainda não explorado, está prosseguindo rotineiramente – tão rotineiramente que tenho recorrido a exercícios de combate simulado para manter a eficiência de minha tripulação. Todos estão ansiosos pela inspeção já programada e por reparos na Base Estelar 11, e a maioria pediu licença para desembarcar. O moral está elevado – em parte por causa da festa planejada para a noite em que atracarmos. Os únicos membros da tripulação que não estão contentes com a perspectiva são meu oficial médico e o imediato. Ambos estão notavelmente silenciosos nos últimos dois dias. Não questionei nem um nem outro, mas é o que vou fazer, se esse comportamento continuar.

A *Enterprise*, nave estelar da classe constitution, cruzador pesado, deslizava serenamente pelo espaço, sem se preocupar com o entusiasmo causado pela aproximação da Base Estelar 11 para a revisão geral. Quase todos os tripulantes, entretanto, preparavam-se para se apresentar bem na festa. O tenente Sulu e a oficial Philips estavam fazendo uma exibição de esgrima. O coral ensaiava algumas baladas um tanto maliciosas, e um tanto verdadeiras, sobre o capitão. Coisa que ele fingia não saber.

O teatrinho estava com a opereta *H.M.S. Pinafore* em cartaz. A produção era dirigida pela tenente Uhura e pelo engenheiro-chefe Scott, que era excelente barítono e cantava a parte do capitão Corcoran. Kirk, Scott e Uhura discutiam sobre a opereta, certa tarde, na hora do almoço, quando McCoy juntou-se a eles.

– Sente-se aqui, Magro. – Kirk deu uma enorme garfada em uma grande salada verde e bebericou seu leite desnatado.

– Acho que vou virar coelho, se você insistir que eu continue com essas dietas. E ainda tenho que ficar olhando enquanto Scott se empanturra com aquele bolo floresta negra!

O engenheiro engoliu e sorriu.

– Um homem precisa conservar suas forças se quer trabalhar o dia inteiro e ainda ensaiar à noite!

– Na verdade, capitão – disse Uhura, batendo com sua unha cuidadosamente tratada contra o rosto moreno –, deveríamos atualizar um pouco a produção, não acha? Reescrever Gilbert e Sullivan, para torná-los mais... contemporâneos. Por exemplo, por que não desenrolar a história a bordo da *Enterprise* e rebatizá-la? *U.S.S. Enterprise* soa tão bem como *H.M.S. Pinafore*, e o senhor poderia cantar a parte do capitão!

Kirk riu, cantarolou alguns compassos e depois passou a cantar a plenos pulmões, mas sem prestar atenção ao tom:

– *E nunca enjoo no espaço...*

Uhura e Scotty acompanharam.

– Quê, nunca?

– Nunca.

– Nunca *mesmo!*

– Ora... raramente... – Kirk interrompeu-se e deu uma olhadela para McCoy. – E então, Magro? Será que tenho futuro no mundo da ópera? O ídolo-cantor da Frota Estelar, hein?

McCoy revirou os olhos.

– Em minha opinião profissional, deveriam ter removido sua laringe já no nascimento, para evitar essa possibilidade. Como capitão de astronave, você passa. Como cantor... lamento, Jim.

Kirk balançou a cabeça.

– Mais uma grande carreira interrompida ainda ao nascer, por falta de encorajamento. – Olhou para o crono e levantou-se.

– Preciso voltar à ponte. Vem comigo, doutor?

Quando atingiram a relativa privacidade do corredor, ele perguntou, casualmente:

– O que está acontecendo, Magro?

McCoy balançou a cabeça e não respondeu. Em vez disso, perguntou:

– Você se lembra de um planeta chamado Sarpeidon, que visitamos há dois anos?

O capitão olhou-o incisivamente.

– Demorou duas semanas para sair o cheiro daquela masmorra medieval do meu nariz. E aquele velho maluco do sr. Atoz... Sim, e daí?

De novo, o médico não respondeu. Depois de uma longa pausa, perguntou:

– Spock já lhe falou sobre o que nos aconteceu lá?

– Não. Pelo que me lembro, vocês dois ficaram bem silenciosos sobre toda a experiência. De acordo com o relatório oficial que vocês escreveram, percebi que uma mulher naquela era glacial salvou a vida de vocês. Qual era o nome dela?

McCoy hesitou.

– Zarabeth. Tem falado com Spock nas últimas horas?

– Não, e por que deveria? Ele está de licença nas últimas 36 horas. – Olhos castanhos examinaram o rosto do médico, preocupados. – Tem certeza de que não quer falar a respeito?

McCoy evitou aquele olhar fixo.

– Não há nada a ser dito, capitão. Vejo-o depois.

Kirk ficou olhando o corredor vazio, tentado a seguir o médico e continuar com o assunto, mas, por fim, retomou seu caminho. McCoy poderia não admitir, mas tinha alguma semelhança com Spock. Se não quisesse falar, nada poderia fazê-lo mudar de ideia.

A ponte estava silenciosa e reconfortante. Kirk deixou-se afundar em sua poltrona de comando, passando os olhos pela prancheta de relatórios, mas parte de sua mente estava contando os minutos até que Spock se apresentasse para o serviço. O melhor imediato da Frota... sim, é o que ele era, com certeza. O que o velho McCoy estaria sugerindo, rememorando Sarpeidon? E aquela mulher? Estaria falando de si mesmo? De algum modo, Kirk achava que não. Mas Spock não se envolveria com uma mulher... pelo menos, nunca o tinha feito, exceto em Omicron Ceti III e por causa daqueles esporos... Engraçado, ele pensava que havia algo além dos danados dos esporos agindo sobre o vulcano... e, é claro, houve T'Pring ... mas isso era diferente.

O capitão sobressaltou-se, voltando à atenção, com a mente zunindo. Eram 08h01, e Spock estava um minuto atrasado. *Impossível!* Mas o pequeno terminal do computador estava confirmando, piscando entre seus dedos.

Atrás de Kirk, a porta da ponte assobiou, fechando, e Spock já estava ao lado da poltrona de comando, mãos nas costas.

– Sr. Spock, há alguma coisa errada com o senhor? Está atrasado. – A voz do capitão era calma, mas preocupada.

– Lamento meu atraso, senhor. Não vai se repetir. – Os olhos do vulcano estavam distantes, fixos num ponto três centímetros acima da sobrancelha esquerda de Kirk.

Suspirando interiormente, o capitão desistiu, sabendo por longa experiência que Spock só falaria quando se sentisse preparado – se é que isso iria acontecer. Levantou-se e disse formalmente:

– Assuma, sr. Spock. Preciso inspecionar o laboratório de hidropônica às 08h15. Informe qualquer coisa incomum. O setor foi mapeado com tempestades de radiação de bom tamanho.

O capitão deixou a ponte, sentindo uma agulhada de desconforto em sua nuca. Spock chamaria de ilógico – mas Kirk chamava de palpite.

Kirk continuou a se preocupar ao longo dos três dias seguintes, enquanto o silêncio de Spock e McCoy continuava. Descarregou suas frustrações no androide de treinamento, no setor de defesa pessoal do ginásio.

Estava descansando em seu camarote, depois de um exercício particularmente intenso, deitado de bruços em sua cama, lendo. O volume era um dos livros encadernados de estimação do próprio Kirk.

"O tipo de livro que você pode segurar com as mãos", como dissera Sam Cogley[1]. O advogado o iniciara no "hobby" de colecionar livros "de verdade", e Kirk havia descoberto esse exemplar notavelmente bem conservado, de uma velha obra favorita, num "sebo" em Canopus IV. Estava absorto com as

---

[1] Sam Cogley foi advogado de Kirk na corte marcial. Estudioso da história da humanidade, Cogley é ferrenho adepto do livro em sua forma mais tradicional: impresso em papel. ("Corte marcial", temporada 1.)

aventuras do capitão Nemo e do *Nautilus*, quando o sinal da porta piscou.

– Entre! – Kirk recolocou o livro em sua sobrecapa, quando a porta deslizou, revelando o seu imediato. Esticou o braço em direção a uma cadeira.

– Sente-se. Um pouco de *brandy* sauriano?

Spock concordou, olhando para a garrafa, e Kirk serviu-se de um pouco também. Sentou-se na frente do vulcano, segurando o cálice com as duas mãos, e esperou.

Spock hesitou por um bom tempo.

– Você estava esperando que eu viesse.

O capitão concordou. Vendo que o vulcano não queria continuar, disse:

– Sei que há alguma coisa errada há dias. Primeiro, McCoy fechou-se, depois você. Não sei se é sério. Quer conversar?

Spock desviou o olhar, absorvido numa pintura da *Enterprise* na parede oposta. Kirk precisou prestar muita atenção para conseguir ouvi-lo.

– Preciso pedir uma licença por prazo indeterminado. É um... assunto de família.

O capitão tomou um pequeno gole do *brandy* lentamente e estudou o amigo. O vulcano parecia cansado. Novas rugas ao redor de seus olhos e um ar de inquietação substituíram o usual autocontrole. Kirk ficou ouvindo, em silêncio, esperando pelas próximas palavras de Spock. Logo percebeu algo subliminar penetrando sua mente de leve e, por um momento, sentiu uma profunda resolução, misturada com culpa e vergonha. Segurou o fôlego, tentando olhar para dentro, focalizar... e o contato, se é que houve, se não foi sua imaginação, escapou.

Spock o encarava.

– Jim, você não é telepático, eu sei, mas por um instante...

– Eu sei. Senti isso também. O suficiente para saber que você está determinado a ir e que a situação, seja qual for, é grave. Mas vai ter de me contar o resto em palavras, Spock.

– Se pudesse, diria tudo, Jim. Mas eu sou o responsável por esse... problema. Preciso resolvê-lo sozinho.

– Alguma coisa me diz que você vai tentar algo realmente arriscado. Estou certo?

Spock olhava e olhava de novo para suas mãos.

– Preciso ir sozinho. Por favor, não me peça para explicar por quê.

Kirk inclinou-se, agarrou os ombros do vulcano e o sacudiu.

– Não sei qual é o problema, mas sei que você não vai me contar mesmo. Está preocupado, porque, se eu souber o quanto é perigoso esse projeto, vou insistir em acompanhá-lo. Tenha certeza de que é o que vou fazer.

O imediato sacudiu a cabeça, e sua voz endureceu.

– Não vou permitir. Não posso assumir a responsabilidade por sua vida também. Vou, e vou sozinho.

Kirk pousou o cálice com certa violência.

– Mas que diabo, Spock. Não precisa me dizer nada se não quiser, mas vai ter que desertar para sair desta nave sem mim.

O maxilar de Spock se apertou, e os olhos irradiavam raiva. Kirk encarou-o sem piscar e ficou ainda mais intrigado sobre o lugar para onde Spock queria ir. Obviamente, McCoy sabia mais do que falava. *Sarpeidon? Mas aquele planeta não existe atualmente. Explodiu. Atualmente... e o passado? A mulher... o rosto na parede da caverna... Caverna? Rosto?*

Kirk empertigou-se. O quadro em sua mente estava claro: um rosto de vulcano pintado na parede de uma caverna, algo jamais visto antes.

– Percebi desta vez, Spock. Pode chamar de empatia, telepatia, o que quiser, mas agora eu sei. Isso tem a ver com... biologia, não é?

O vulcano concordou, sem dizer nada, e apoiou a cabeça entre as mãos. A voz era tensa.

– Sim. Minhas barreiras devem estar fraquejando se transmiti tão forte assim. Claro que nossas mentes têm um elo mental, mas... estou cansado, deve ser isso...

– Não se importe com as explicações. Eu sei, e não importa como.

Kirk ficou olhando para o vulcano e desabafou:

– Incrível... há 5 mil anos, naquele inferno gelado...

– Zarabeth deu à luz uma criança, meu filho. – Spock completou a frase do outro.

Ficaram se encarando, por um bom tempo, e, por fim, o capitão se mexeu.

– Talvez haja outra explicação. Talvez Zarabeth tenha pintado *você*. Não há como ter certeza...

– Mas eu tenho. O rosto na parede mostra características vulcanas, sem dúvida, mas não é o meu. Os olhos são diferentes. O cabelo é comprido. As feições são de um adolescente ou, pelo menos, de um moço. Há também outras coisas. Os artefatos encontrados na caverna, junto com as pinturas, mostram um grau mais elevado de civilização que o atingido pela raça que estava evoluindo naquele hemisfério. Sinais de metal trabalhado – uma lâmpada de pedra que queimava gordura animal. Anacronismos para aquele período.

Kirk convenceu-se, mas ainda balançava a cabeça.

– Atormentar-se com uma criança que viveu e morreu há 5 mil anos não faz sentido. Não há mais nada que se possa fazer.

Spock contemplou-o calmamente.

– Vou voltar lá, para buscá-lo.

O capitão não sabia pelo que estava esperando, mas não era por isso.

– Mas... Spock... *como*?

Porém, enquanto dizia essas palavras, uma repentina e ainda dolorosa memória atingiu-o. *Tudo é como outrora foi, deixe-me ser uma ponte para você...* Tomou um grande gole de *brandy* e deixou que sua garganta queimasse.

– O Guardião da Eternidade: você vai usá-lo para voltar.

O vulcano concordou.

– Spock, aquele planeta está interditado, exceto para a expedição arqueológica. Não vão deixá-lo chegar perto, quanto mais passar pelo Guardião. Obter permissão para recorrer a ele daria muito trabalho, talvez um governador planetário, pelo menos... – Pensou um pouco e respondeu à sua própria indagação. – T'Pau.

– Uma dedução lógica, capitão.

Kirk lembrava-se de T'Pau: magra, fraca, velha... mas reunia, em sua pessoa, autoridade suficiente para, a um pedido, contrariar as ordens de um almirante da Frota Estelar. Sim, ela tinha esse poder. Isso mesmo. Mas será que o usaria?

Kirk expressou sua dúvida. O imediato estava sombrio.

– Ela vai interceder quando eu lhe contar o motivo. A família é absolutamente importante em Vulcano. As lealdades de família ultrapassam em importância até mesmo a lei planetária. Vulcano é virtualmente governado por uma oligarquia composta de diversas famílias notáveis. A minha é uma delas. E T'Pau não vai deixar um membro da família viver e morrer sozinho, longe de sua gente.

– Não invejo sua missão, Spock – o capitão balançava a cabeça. – Eu não gostaria de explicar isso a ela pessoalmente.

– Posso garantir-lhe que tampouco me anima muito. Mas precisa ser feito. É meu dever. – Spock levantou-se, hesitante. – Presumo que meu pedido de licença possa ser aprovado imediatamente. Podemos desviar para Andros, no sistema de Antares, com a perda de apenas 1 hora e 32,4 minutos.

Kirk concordou, e levantou-se.

– Combinado. Vou processar seu pedido de licença imediatamente. Se o deixarmos em Andros, vai levar uma semana para chegar a Vulcano... Obter permissão e voltar à Base Estelar 11 levaria mais dez dias. Boa coisa, essa revisão geral... Sim, vai dar certo... Estarei pronto para partir quando você voltar. Com sorte, estaremos de volta antes que termine a inspeção final. Bem, o que está fazendo aí parado?

– Capitão, eu preciso ir só. Recuso-me, absolutamente, a...

Kirk interrompeu-o no meio da frase.

– Está combinado. Chantagem, sr. Spock. Se eu não for, o senhor não consegue a licença. Simples!

– Pode ser perigoso... Não vou permitir que você arrisque...

– Deixe de argumentar e pare de tentar me proteger. Os humanos podem não ser tão fortes quanto os vulcanos, mas isso não lhe dá o direito de me dizer o que posso ou não fazer. Afinal, quem é o comandante aqui? – Kirk relanceou para o crono. – Você tem 45 minutos para se aprontar. Vamos nos encontrar em duas semanas e meia. Mexa-se!

Spock deu-se conta de que respondera àquela última ordem automaticamente e já estava no corredor, olhando para uma porta fechada. Porém, balançou a cabeça, satisfeito, e apressou--se para fazer as malas.

DOIS

Meio-dia em Vulcano. O ar quente fez um redemoinho ao redor de Spock quando ele se materializou no topo de uma montanha. E ele ficou ali, acostumando-se ao calor por um momento, respirando fundo, com satisfação, o ar rarefeito. Aquela secura parecia-lhe deliciosa depois daquela coisa fria e úmida que passava por "atmosfera" a bordo do cargueiro. Lá em cima, o céu flamejava, enquanto 40 Eridani atingia o seu zênite. A areia branca refletia o calor, com brilho cegante, e as rochas e a vegetação tremulavam.

Spock curvou-se para entrar num edifício baixo e muito largo, dirigindo-se à entrada de visitantes, do lado sul do complexo habitacional. Não quis anunciar sua chegada, mesmo que fizesse um ano desde que vira os pais. Sentiu um pouco de culpa, imaginando claramente o desapontamento deles se descobrissem sua visita, mas logo a reprimiu. Amanda iria querer saber a razão de sua chegada súbita e quanto tempo iria ficar, e Sarek[2] esperaria que fosse percorrer as terras com ele. Ficaria atolado com os deveres sociais para com a família, e haveria perguntas...

Uma vez lá dentro, digitou seu requerimento de audiência com T'Pau e esperou impacientemente, impondo a calma sobre

---

2 A professora terráquea Amanda Grayson e o embaixador vulcano Sarek são os pais de Spock. [N. de E.]

todo o seu ser, forçando o corpo ao relaxamento. Por fim, a tela ao seu lado iluminou-se mostrando os caracteres de seu primeiro nome, aquele usado apenas por sua família, e só no seu dia do nome e em festas religiosas. Usara-o deliberadamente, sabendo que T'Pau reconheceria a importância do requerimento e respeitaria seu pedido de sigilo. Dirigindo-se a uma das discretas passagens interiores que levavam à sala de T'Pau, Spock caminhou a passos rápidos pelo corredor escuro e estreito, depois, silenciosamente, entrou na câmara. Estava a sós com a única pessoa que já renunciara a uma cadeira no Conselho da Federação.

Ela estava sentada num divã baixo, com uma pequena manta sobre os joelhos. Seus cabelos ainda eram negros, exceto por duas mechas que o atravessavam, mas o rosto estava mais enrugado e envelhecido que da última vez que ele a vira.

T'Pau saudou-o formalmente, com uma das mãos formando um "V" com os dedos. Os velhos dedos, magros e longos, tremeram um pouco. *Como ela está velha*, pensou Spock, retribuindo a saudação.

– Vida longa e próspera, T'Pau.

– Por que vieste em segredo e sem aviso, Spock? Esse comportamento não poderia ser chamado de cortês para com teus pais. – Falava com certo sibilar, a voz pouco acima de um sussurro. Não lhe pedira para sentar-se: mau sinal.

– Peço perdão, T'Pau. A razão de minha visita é particular... Algo que eu só poderia discutir com você. Procuro sua ajuda e seu silêncio.

A voz dele era calma. Olhos aguçados e perscrutadores, incompatíveis com a face enrugada, o examinavam. Ela abruptamente inclinou a cabeça e fez um gesto para que ele se sentasse. Spock sentou-se de pernas cruzadas sobre uma almofada.

– Vou respeitar teu pedido de sigilo. Fala!

– Há alguns anos, fui, com meu capitão e McCoy, que você conhece, a uma missão para alertar o povo de Sarpeidon de que o sol deles iria se transformar em *nova*. Descobrimos que todos os habitantes do planeta já haviam se refugiado no passado. Acidentalmente, McCoy e eu fomos transportados para o passado, para a era glacial de Sarpeidon. Estávamos morrendo de frio, quando uma mulher apareceu e nos deu abrigo. Seu nome era Zarabeth. Ela fora exilada sozinha, no passado, pela ação de um inimigo. Ficou presa lá, por um processo especial de condicionamento. Fui… afetado pela viagem no tempo. Voltei ao que nossos ancestrais eram 5 mil anos atrás. Um bárbaro: eu comia carne. E gerei um filho com Zarabeth. Eu não sabia disso, até há alguns dias.

Ele notou a repugnância nos olhos dela quando confessou ter comido carne. Ela ficou em silêncio por alguns momentos, depois manifestou-se.

– Teu comportamento por certo não foi favorável à tua família. Mas é ilógico remoer os pecados do passado. Por que vieste falar comigo?

– Não posso deixar meu filho morrer sozinho, num planeta que nunca se destinou a nossa raça. Vou trazer Zarabeth de volta também, se puder reverter o condicionamento. Devo a ela a chance de viver. Vim pedir-lhe que entre em contato com o Conselho da Federação e peça permissão para que eu possa usar o Guardião da Eternidade. É um portal do tempo que pode me enviar de volta para lá, ao passado de Sarpeidon. Preciso tentar.

T'Pau considerou por algum tempo, de olhos fechados.

– Sim. Precisas tentar. Essa criança será teu herdeiro, se morreres sem outro filho. E não entraste em *koon-ut-kal-if-fee*[3] com ninguém. Precisamos proteger a sucessão.

Spock notou que estivera prendendo o fôlego e respirou de novo, lentamente. O pior já havia passado.

– Preparei um relatório que contém toda a informação de que você precisa para entrar em contato com o Conselho, T'Pau. Nele há elementos específicos sobre o caso e os sinais em código para identificar o portal do tempo. Os nomes dos membros da expedição de busca e o possível número de pessoas transportadas do passado também. Se seu pedido for indeferido, envie uma mensagem subespacial ao capitão Kirk, da *Enterprise*.

Ela tomou o documento e examinou-o.

– Entrarei em contato com o Conselho imediatamente. Sê cuidadoso. O que farás quando os encontrar?

Spock parou um pouco, desorientado. Não pensara em nada além da existência da criança e de seu dever.

– Trazê-los de volta ao presente, e... – Hesitou de novo.

O olhar dela era penetrante.

– Devo presumir que não pensaste? Lembra-te, Spock. Teu filho é uma pessoa. Cada ser tem sua própria dignidade e vida. Concede a teu filho essa dignidade. Ele é assunto teu, mas não é tu mesmo. Lembra-te de nosso símbolo – e ela tocou a medalha IDIC[4] sobre o peito encolhido. – Dá valor às diferenças, bem como às semelhanças.

---

3 Cerimônia de casamento vulcana (ver mais informações na página 243). [N. de T.]

4 Símbolo e base da filosofia do planeta Vulcano, estabelece que a "Suprema Glória da Criação está em sua Infinita Diversidade em Infinitas Combinações". [N. de T.]

Spock não entendeu bem aquelas palavras, exceto intelectual-mente. Concordou, com ar ausente, preocupado com a logística de sair daquela casa e ir até o espaçoporto sem ser reconhecido. A um sinal de T'Pau, levantou-se e saudou-a.

– Muito obrigado, T'Pau. Estou dispensado?

Ela assentiu, parecendo, subitamente, muito cansada.

– Tens licença para ir, Spock. Mandarei Sandar levar-te até o espaçoporto. Não vou informar teus pais sobre tua visita, mas lembra-te: se tiveres sucesso, eles saberão, e também todo nosso povo. Tu é que deves aceitar o que fizeste, para o teu próprio bem e pelo bem de teu filho. Vida longa e próspera, Spock. – Ela devolveu-lhe a saudação e fez sinal a Sandar, seu assistente, que havia aparecido como por magia.

Spock inclinou-se ligeiramente.

– Vida longa e próspera, T'Pau.

Calado, deixou a câmara.

ratransc

▲ TRÊS

Kirk estava sentado no setor do convés de recreação que fora temporariamente convertido em teatro, assistindo a *H.M.S. Pinafore*, mas sua atenção não estava no palco. Esta noite, a nave atracara na Base Estelar 11, e Spock estava atrasado. Amanhã de manhã, às nove, os técnicos da Frota Estelar viriam enxamear a bordo para duas semanas de inspeção técnica e reparos. Se Spock e ele não saíssem em 24 horas, não poderiam cruzar metade da extensão do setor, até o Guardião, e voltar dentro do prazo. E, na data prevista para a retomada das operações, a *Enterprise* estaria sem seu primeiro oficial e sem seu capitão.

Claro, era perfeitamente possível que a espaçonave ficasse sem eles, mesmo que partissem neste exato momento. Durante a ausência de Spock, Kirk estudara as pinturas rupestres e todos os dados disponíveis sobre a era glacial de Sarpeidon. Parecia que, se de algum modo o clima não conseguisse matá-los, os animais o fariam, com certeza. As chances de qualquer um sobreviver naquele ambiente pareciam remotas, especialmente para uma criança.

Kirk considerou convencer Spock a não partir para essa louca aventura, mas abandonou a ideia ao recordar-se do aspecto do olhar do vulcano. E tampouco poderia deixá-lo ir sozinho.

A audiência à volta dele estava de pé, aplaudindo entusiasticamente. O capitão apressadamente juntou-se aos outros e pôde observar Scott correr para os bastidores e arrastar a relutante Uhura para fazer reverência. A tripulação urrou de alegria quando o engenheiro-chefe deu um barulhento beijo na oficial de comunicações. Enquanto Kirk estava lá, em meio à sua alegre tripulação, avistou a pessoa pela qual esperava entrando no convés de recreação por uma das portas laterais, procurando em meio à audiência.

Spock estava apoiado contra a parede quando Kirk aproximou-se. Sua franja, normalmente impecável, estava desarrumada, e o rosto parecia mais exausto que da última vez que Kirk o vira.

– Seu aspecto está péssimo! Que diabos você andou... – Kirk ia falar, mas logo interrompeu-se. – Precisamos nos apressar ou vamos perder a nave de suprimentos. Preciso pegar minhas coisas. E você, está pronto?

Nos aposentos de Kirk, os dois oficiais vestiram macacões resistentes e juntaram roupas para frio e equipamento de camping.

– Assaltei a enfermaria enquanto McCoy não estava, na semana passada, e peguei uma mala de primeiros-socorros. Vamos levar phasers. O meu não funcionou quando fomos a Sarpeidon.

– Investiguei isso, e descobri que o Atavachron, o portal do tempo deles, foi ajustado para opor-se automaticamente ao funcionamento de qualquer arma que passasse por ele. Uma precaução para impedir que alguém do futuro dominasse uma sociedade do passado. Nossos phasers vão funcionar desta vez.

– Bom! Detestaria depender de pedras e socos contra as formas de vida de que fiquei sabendo. Está pronto?

– Sim, capitão.

Os dois oficiais dirigiram-se ao turboelevador, levando suas bagagens.

– Por que se atrasou? Estava começando a pensar que você não conseguiria chegar a tempo.

– Fui forçado a voltar a bordo de um cargueiro-robô. Não havia nenhuma nave mais rápida disponível.

Kirk consolou-o.

– Não é de surpreender esse seu mau aspecto. Tentei fazer isso uma vez, quando estava na Academia. Fui visitar uma... amiga. Quando cheguei, ela não quis nada comigo. Não a culpo. Bem, pelo menos, o nosso transporte até o Guardião não será tão ruim assim. Vamos a bordo da nave de suprimentos. Você poderá se cuidar melhor quando estivermos lá. Até então, vou disfarçar, para não parecer que estou com você. – Chegaram ao turboelevador. – Transportador – disse o capitão, e as portas logo se fecharam.

Logo se abriram de novo. Uma luz vermelha piscava no painel do elevador.

– Mas quem apertou o botão de emergência?

Kirk mexia nos botões. Relutantemente, as portas começaram a se fechar. Do corredor, ouviram passos em *staccato*, e logo uma bota entrou entre as folhas da porta, que se abriram de novo. Era McCoy, também de macacão e bagagem, que foi logo entrando.

– Ufa! – Encostou-se na parede, enquanto o turboelevador começava a se mover. – Pensei que não alcançaria vocês!

O capitão o encarou e, depois de entender o significado da roupa e bagagem do médico, endureceu o olhar.

– Não, não, você não, Magro... – começou a falar.

Spock dizia:

– Dr. McCoy, sua presença aqui é altamente...

– Calem a boca!

A sobrancelha de Spock continuou em sua trajetória para cima, enquanto o oficial médico rosnava:

– Podem guardar os argumentos. Não estavam pensando que eu deixaria vocês saírem nessa aventura maluca sem mim, não é? *Hum-hum.* – E sacudia a cabeça. – Afinal, tenho mais experiência de congelamento que vocês dois. E o lindo e pacato Sarpeidon é o lugar ideal para passar minha folga. – Sorriu, mas depois ficou sério. – Além do mais, e se um de vocês se machucar ou se o menino precisar de socorro médico?

Kirk espantou-se.

– Como ficou sabendo disso?

McCoy virou-se bruscamente para Spock.

– Eu estava com ele, lembra? E vi as pinturas. Não é preciso ser um vulcano para saber que um mais um é igual a três. Jim, não me subestime.

– Magro! – O tom de Kirk era ameaçador. – Você vai sair deste elevador e voltar à enfermaria. Isso é uma ordem.

– Esqueceu, capitão, que estou de licença como vocês dois? Não pode me dizer aonde vou passar esses dias. E tenho um ás na manga. Estive repassando as informações médicas da biblioteca de Sarpeidon nestas últimas duas semanas e descobri uma maneira de reverter o condicionamento de Zarabeth. Se quiserem saber como, terão que me levar.

Kirk olhou zangado:

– Chantagem, doutor!

– Um meio comum de persuasão a bordo desta nave, capitão – Spock comentou.

Kirk examinou-o rapidamente, mas o vulcano estava apenas olhando para a frente, sem expressão.

– O que pôs em sua bagagem? – o capitão perguntou, depois de uma pausa.

McCoy sorriu em triunfo.

– As mesmas coisas que vocês. Pedi ao computador uma lista de tudo o que vocês requisitaram nos suprimentos na semana passada.

– Lógico – murmurou Spock.

O elevador parou.

Kirk estalou os dedos.

– Magro, você não pode ir. Não importa o que aconteça. T'Pau pediu licença apenas para dois, não é? – Olhou para o vulcano, com alguma esperança.

– Especifiquei licença para três, capitão. Considerei a previsível inclinação do dr. McCoy para se precipitar para os lugares que até os anjos temem. Achei que ele poderia tentar uma coisa dessas. Costuma haver um padrão lógico no comportamento ilógico dele.

Estavam nas plataformas do transportador, ouvindo o zumbido da espera de 20 segundos, enquanto McCoy pensava numa resposta a altura. Ia abrir a boca para proferi-la, quando os feixes do transportador os apanharam e eles dissolveram-se em três pilares tremeluzentes.

▲ QUATRO

O planeta não mudou nada, pensava Kirk, enquanto olhava em volta. O mesmo céu prateado e preto sobre a cabeça, pontilhado de estrelas. As mesmas ruínas, as colunas caídas e jogadas umas sobre as outras, algumas quase intactas, outras, mal discerníveis das pedras naturais. O mesmo vento frio, silvando como uma alma danada. A mesma aura de uma idade insuportável. As memórias da última vez, rompendo-se em sua mente. Pensava já ter esquecido, enterrado tudo. Mas estar ali, de pé, naquela desolação, trouxe de volta a agonia. *Edith*[5]... a sua mente sussurrava.

– Eu não tinha observado muito o panorama da última vez – dizia McCoy, enquanto ele e Spock se afastavam um pouco. – Fantasmagórico... Esse vento dá nos nervos depois de algum tempo... Olhe! Aquilo parece ser a estrutura de um templo ou coisa que o valha. – Apontou. O vulcano parou de mexer em seu tricorder e ergueu os olhos.

– O Guardião da Eternidade fica naquela direção, doutor. Por alguma razão, as ruínas estão mais intactas perto do portal do tempo. – E voltou a olhar para o seu tricorder.

– Guardião da Eternidade... soa como o nome de um maldito mausoléu... – resmungou o médico, mas Spock ignorou-o.

---

5   Kirk se apaixonou por Edith Keeler na Terra do século 20, durante uma viagem através do Guardião da Eternidade. ("Cidade à beira da eternidade", temporada 1.) [N. de T.]

McCoy virou-se para o companheiro e balançou a cabeça. O vulcano estivera demasiadamente calado durante a viagem de três dias. Não quisera participar do jogo de pôquer de dois dias, que deixara McCoy consideravelmente mais rico, o que não era surpresa, mas não participou de conversa nenhuma também. Isso preocupava o médico.

– Ei! – O alegre chamado veio de trás deles. Voltaram-se e viram uma mulher baixinha, um pouco gorda e com cabelos grisalhos. Atrás dela, a aproximadamente 150 metros, uma pequena edificação pré-fabricada, cujas paredes se confundiam com o cinza ao redor a tal ponto que não a haviam notado.

A mulher os alcançou, ofegando um pouco, e apontou o dedo para cada um deles:

– Kirk, Spock, McCoy. Eu sou Vargas. Como vão?

– Muito bem, obrigado – respondeu Kirk, sorrindo.

– Estava esperando por vocês. Vamos levar essas coisas lá para casa. Poderemos conversar enquanto tomamos café. Café de verdade. – Distribuiu unidades antigravitacionais, e dirigiram-se ao edifício, pilotando suas bagagens.

O interior do acampamento dos arqueólogos apresentava agradável contraste com o seu exterior esfarrapado. As paredes estavam cobertas com pinturas e pôsteres, e havia tapetes confortáveis no chão. O edifício abrigava vários laboratórios, uma grande sala de estar, quartos para os nove membros da expedição, uma cozinha grande o bastante para todos eles e uma pequena mas bem abastecida biblioteca. A dra. Vargas orgulhosamente mostrou-lhes as instalações, apresentando-os aos oito membros de sua expedição.

Encerradas as formalidades, os quatro reuniram-se na cozinha para o prometido café. Vargas mexeu o seu, com força, depois encarou os visitantes.

– Agora, por favor, poderiam explicar como conseguiram permissão para usar o Guardião? Quem vocês conhecem?

– Dra. Vargas, estamos numa missão de salvamento. – Spock tinha um ar grave. – Como a senhora sabe, o planeta que recebemos permissão para visitar foi destruído há dois anos. Nossa missão não poderá ter efeito nenhum em sua história, especialmente porque as pessoas que pretendemos salvar estão numa região isolada, fora de sua própria época. Por causa de um acidente, um... membro de minha família ficou como náufrago na última era glacial do planeta, com uma nativa de Sarpeidon que foi exilada no passado. Pretendemos trazer os dois de volta ao presente.

McCoy ouviu a mentirinha e engasgou com o seu café. Kirk chutou-o com força, embaixo da mesa. Esse diálogo mudo passou despercebido, e Vargas replicou:

– Devo cumprir as ordens que recebi, mas acho que isso é errado. As pessoas destacadas para este posto são arqueólogos e historiadores de alto nível, e nem mesmo nós podemos voltar no tempo. Só nos é permitido observar e registrar as imagens da história, fazer escavações nas ruínas e tentar entender a raça que viveu aqui num tempo em que a vida na Terra era limitada a unicelulares marinhos. É perigoso demais permitir viagens pelo portal do tempo, como vocês já puderam constatar!

– Sim, sabemos. – Spock estava brincando com a colherzinha e não enfrentou o olhar dela. – Vamos tomar todas as precauções para evitar qualquer contato com a vida nativa. Afortunadamente, a raça humanoide em desenvolvimento, que, quando visitamos, estava apenas iniciando o progresso cultural e tecnológico que os levaria de nômades primitivos a cidade--estado com economia agrícola, ocupava apenas o hemisfério sul do planeta. Faremos nossa busca a aproximadamente 8 mil quilômetros dentro do hemisfério norte.

Vargas suspirou.

– Sei que vocês serão cuidadosos, mas não poderão me convencer de que haja algo que valha o risco envolvido. Se o menor dos eventos históricos acontecer ou não acontecer...

Ou se uma pessoa morrer ou não morrer... Kirk completou, mentalmente. Concordou e disse:

– Entendemos o perigo, dra. Vargas. A senhora está na chefia desta expedição desde que a *Enterprise* descobriu o Guardião?

– Sim. Há quatro anos. Nossa expedição é quase permanente. A Federação não pode se arriscar a um vazamento na segurança por razões óbvias. Qualquer um que queira ir embora precisa sofrer supressão de memória e hipnocondicionamento.

– Francamente, estou surpreso por aparentemente não haver maior proteção, madame – McCoy comentou, olhando ao redor, como se quase esperasse ver guardas armados postados por toda a cozinha.

Vargas riu, seus olhos azuis seguindo o olhar do oficial médico.

– Não, dr. McCoy. Você não encontrará artilharia ou explosivos dentro dos armários! Mesmo assim, estamos protegidos aqui.

– Esperemos que sim. – Kirk terminou o conteúdo de sua xícara. – Obrigado pelo café. Havia esquecido como isso é gostoso.

– Eles só nos mandam o melhor. Quando vão tentar passar pelo portal do tempo?

– Imediatamente. – A voz de Spock foi abrupta, e ele levantou-se da mesa, já saindo.

Vargas sobressaltou-se, e Kirk disse:

– Ele está impaciente para começar. Não lhe disse que o tal parente é uma criança. Só podemos esperar que ainda esteja viva.

O olhar de Vargas abrandou-se.

– Agora entendo melhor. Tenho uma filha, Anna. Converso com ela pelo rádio subespacial às vezes...

Guiou-os até o Guardião. Ficava em meio às ruínas, assemelhando-se a uma grande rosca irregular, escavada na rocha. O acabamento primitivo não permitia antecipar o estranho poder de que estava dotado.

Enquanto se aproximavam, podiam notar que ele era cinza fosco, da cor das ruínas, e seu furo central estava claro, permitindo que vissem as ruínas do templo que McCoy apontara pouco antes.

Spock chegou um pouco à frente deles, a bagagem dos outros a seus pés e tricorder na mão. O vulcano passara semanas ali, pouco depois da descoberta do Guardião, com dois outros cientistas – gênios da Federação – estudando o portal do tempo. Ao fim de sua estada, ainda não sabiam como funcionava o Guardião, como canalizava sua energia em correntes de tempo ou de onde vinha essa energia. Eram incapazes até de concordar sobre se a entidade era um computador de incrível complexidade ou se era viva. Ao defrontar-se com ele, Kirk pensava consigo mesmo que a humanidade simplesmente não era capaz de compreender a natureza do Guardião – ainda.

Mas a humanidade podia, mesmo assim, usar o que não podia compreender. Spock avançou, tricorder pronto.

– Saudações. – A voz do vulcano, usualmente tão casual, estava solene, e ele cumprimentou a forma de pedra à maneira de seu povo. – Sou Spock, e já viajamos com você antes. Pode mostrar-me a história do planeta Sarpeidon, que antigamente orbitava em torno da estrela Beta Niobe?

Sempre era preciso uma pergunta para provocar a resposta do Guardião, e agora a forma de pedra tremeluziu, iluminando-se, perdendo a opacidade, de dentro para fora. Uma voz profunda, estranhamente calorosa, ressoou:

– Posso mostrar-lhe o passado de Sarpeidon. Não há futuro. Observe.

O meio do portal do tempo encheu-se de vapor, depois de imagens rodopiantes, muito rápido para o olho captar e lembrar-se. Vulcões, répteis semelhantes a mamutes, casinholas de barro, cidades de pedra, mares, barcos, exércitos, cidades de aço e vidro, e, por fim, uma luz cegante que os obrigou a proteger os olhos. Durante a apresentação, que durou talvez um minuto e meio, o tricorder de Spock zumbia em velocidade dobrada.

O espaço central estava limpo de novo, e Kirk aproximou-se do imediato, que se inclinava sobre o tricorder.

– Pegou tudo, Spock?

– Sim. – A voz do vulcano não tinha expressão. – Creio que consegui isolar o período certo durante a última era glacial do planeta. O sistema de datação por nêutrons usado sobre as pinturas, felizmente, é bem preciso. Nosso problema não é *quando* saltar, mas *onde*, sobre a superfície de Sarpeidon. Não podemos vasculhar todo o planeta.

– Não tinha pensado nisso. – Kirk relanceou para o agora quieto Guardião. – Esse é um grande problema.

– Tenho em mente uma possível solução. O poder do portal do tempo é vasto. O Guardião provavelmente poderá nos levar ao local exato, se eu puder comunicar a ele qual é nosso desejo. É o que vou tentar. – O vulcano fez um ajuste final no seu tricorder e voltou-se para a forma mal esculpida. Sua voz era baixa, tensa:

– Guardião, você pode distinguir entre uma forma de vida e outra? Pode perceber que eu sou de uma espécie diferente de meus companheiros?

– Vocês são de espécies diferentes entre si – foi o que o Guardião entoou. Spock, acostumado aos circunlóquios da entidade, concordou, aparentemente satisfeito por ser a resposta uma afirmação.

– Muito bem. Há uma forma de vida localizada na última era glacial de Sarpeidon que é da mesma espécie que eu. Somos do mesmo sangue e gente. Desejo encontrá-la. Seria possível sermos levados a esse local quando passarmos pelo Portal?

Um curto silêncio. Então, a voz ressoou de novo, como se viesse do próprio ar à volta deles.

– Todas as coisas são possíveis.

O rosto de Spock, à luz do Guardião, parecia magro, extenuado. O vulcano insistiu, mãos cerradas.

– Isso significa que você poderá nos colocar no local em que está aquela forma de vida quando pularmos no tempo?

O silêncio arrastou-se, quebrado apenas pelo monótono vento desolado. Spock ficou rígido, sem fazer um gesto, parecendo querer resposta do ar que o cercava. Por impulso, McCoy avançou para o seu lado e segurou o braço dele. A voz do médico era suave.

– Vai com calma, Spock. Algo me diz que tudo dará certo. – O vulcano olhou-o como se não o reconhecesse. Soltando-se da mão do médico, foi até as bagagens. Ao abrir a sua, começou a pegar a roupa térmica, um macacão com viseira.

O capitão aproximou-se e disse a McCoy:

– Aí está a resposta, Magro. Ele vai, não importa como. Vamos nos preparar.

Quando estavam prontos para o salto, Spock fez os ajustes finais em seu tricorder e, de novo, disse à entidade do tempo:

– Guardião, por favor, mostre-nos o passado de Sarpeidon mais uma vez, para podermos localizar e salvar meu semelhante.

Até o vento pareceu acalmar-se por um momento, enquanto o cenário começou a tremeluzir diante dos olhos deles, de novo. Ficaram atentos, músculos tremendo por antecipação, em posição. Atrás deles, ouviu-se a voz de Vargas.

– Boa sorte. Como invejo vocês!

– Preparem-se! Será daqui a pouco. – Os olhos de Spock não deixavam o tricorder. Um, dois, três, agora! – Todos deram um grande passo, direto para dentro do torvelinho.

Um negror salpicado de estrelas, a mais total desorientação, tontura. Cambalearam para a frente, piscando, e então o ar frio atacou-os, fazendo os olhos lacrimejarem com o vento frio. O mundo todo parecia branco, cinza e preto, mas o vento tornava tudo confuso. McCoy esfregava os olhos, o hálito formando nuvens de vapor, e xingava.

– Nós *tínhamos* de chegar à noite – resmungava Kirk, tentando proteger o rosto com a viseira. – Coloque sua máscara, Magro. Você está bem, Spock?

– Perfeitamente, capitão. Sugiro que não tentemos andar neste vento. Parece que o terreno é plano e acomodado aqui. Há um rochedo à nossa direita... Se pudermos nos abrigar lá... – Os três tentaram cambalear mais alguns metros para a direita, e o vento diminuiu um pouco. Tateando, levantaram a barraca térmica que trouxeram.

Dentro do relativo calor e luz da barraca, relaxaram, olhando-se. O senso de humor de McCoy ressurgiu, enquanto contemplava os amigos.

Eles parecem grandes insetos, com olhos facetados e isolantes em forma de escamas sobre as bocas e narizes, pensou.

– Até parece o Dia das Bruxas – o médico ria-se, retirando sua viseira. Apontou um dedo acusador para o vulcano, enquanto este sacudia a neve do cabelo. – Vou dizer uma coisa, Spock. Você tem mesmo talento para escolher lugares bonitos para passar sua primeira folga em um ano. – McCoy balançava a cabeça para Kirk, que sorria, e continuou: – Lindo sol, panorama espetacular. As mulheres são sorridentes, e os nativos, amigáveis... – O oficial médico interrompeu-se abruptamente quando houve um rugido lá fora. Uma coisa grande, pelo barulho.

Continuaram sentados, em silêncio, quando o rugido veio de novo, dissolvendo-se num gemido gargarejante. Depois, só o vento e o ruído da neve contra a barraca. McCoy engoliu em seco.

– Que foi isso? – perguntou, falando baixo.

– Provavelmente um *sithar*, Magro – informou Kirk, com esperança de acertar. – Grande predador. Parece um cruzamento entre um touro e um leão. Você lembra? Havia um pintado na parede da caverna. Os cientistas estimaram que é do tamanho de um búfalo da Terra.

– Carnívoro? – perguntou McCoy, ainda em voz baixa. Spock ergueu uma sobrancelha e olhou para Kirk, cujo sorriso aumentou.

– Claro – retrucou Kirk. – Sua refeição favorita é cirurgião chefe que não tem o bom senso de ouvir o oficial comandante.

McCoy encarou-o e sorriu, arrependido.

– Acho que estraguei a festa. Mas, droga, vocês podem precisar de mim! – Depois disse: – Bem, o que faremos o resto da noite? Ficaremos sentados, ouvindo essa coisa uivando, pedindo uma refeição? Ou... – escarafunchou nos bolsos de sua roupa – poderíamos fazer um joguinho. Trouxe o baralho...

Kirk acertou-o com a bota.

– Prefiro ser comido por um *sithar* a perder até minha camisa para você, de novo. Desisto.

O médico voltou-se para o vulcano.

– E então, Spock? Que tal um carteado?

A boca de Spock estremeceu, enquanto balançava a cabeça.

– Também estou cansado, doutor. Talvez o *sithar* queira jogar, se o senhor o convidar com toda a delicadeza, é claro.

McCoy ficou ali, no escuro, ouvindo o vento, mais alto que os roncos de Kirk. Demorou muito até que conseguisse dormir.

CINCO

Kirk despertou pela manhã, descobrindo logo que Spock havia saído. Apressadamente vestiu sua roupa térmica e deixou o médico dormindo tranquilamente. Ao abrir a aba da barraca, viu seu imediato a alguns metros de distância, estudando as cercanias, e foi para junto dele.

A tempestade acabara e o ar estava frio e claro. Beta Niobe estava se erguendo, num céu cor de lavanda pálida, que ficava violeta-escuro do lado de baixo das nuvens de tempestade que ainda restavam. Haviam acampado numa depressão abrigada na base de um rochedo recortado que se erguia à direita, tampando o céu. À frente deles, um vale muito extenso, em forma de "U", ladeado por rochedos. A neve espalhava-se em manchas brancas sobre o capim curto, parecido com musgo verde-água. O vale era pontilhado de muitas lagoas estreitas com o vento arrepiando suas águas de safira. Bem ao longe, no extremo alcance de sua visão, Kirk pôde ver um rebanho de animais. Percebeu que McCoy estava chegando, e virou-se ao ouvir uma interjeição de espanto do médico.

Atrás, à esquerda, uma gigantesca onda congelada avultava-se. De onde Kirk estava, parecia a 250 metros de distância: uma muralha de gelo turquesa cravejada com rochedos. A geleira tinha pelo menos 300 metros de altura, e Kirk esticava o pescoço, tentando avaliar onde estava sua outra extremidade.

– Maldição – McCoy comentou impropriamente. – Já viu algo assim antes, Jim?

– Já esquiei numa delas, no Colorado, mas nunca vi nenhuma tão grande assim nas Rochosas. Imagino qual será seu tamanho e até onde vai.

Spock levantou seus olhos do tricorder.

– A geleira é apenas parte de um campo de gelo que se estende para o norte, pelo que meu tricorder pôde captar.

– Esse vento só pode vir do campo de gelo. Qual é a temperatura? – Kirk tirou uma luva para sentir o ar.

– A temperatura é de –10 graus Celsius, mas o efeito de resfriamento do vento dá a sensação de estar mais frio. Ao meio-dia, provavelmente, estará acima de zero – respondeu Spock.

– De fato, não está tão frio. Pensei que estaríamos numa era glacial – comentou McCoy. – Não está como da última vez que viemos aqui.

– Desta vez, tivemos sorte de chegar no fim da primavera, e não no inverno, doutor – disse Spock.

– Isto é a primavera? – McCoy estava abismado.

– Acho que Dante escreveu sobre este lugar – Kirk divagava. – Só de saber que aquela estrela vai explodir, sinto arrepios. Está vendo o padrão típico da coroa? Parece que vai se desfazer a qualquer momento.

– Sabemos que Beta Niobe só vai se transformar em *nova* daqui a 5 mil anos, capitão. É ilógico perder tempo especulando sobre impossibilidades. Sugiro que comecemos a busca, mantendo contato pelo comunicador. – Spock deixava transparecer certa impaciência, enquanto varria a região de novo, utilizando o tricorder.

– Alguma indicação de formas de vida, Spock? – McCoy queria saber.

– Diversas, doutor, mas creio que sejam alguns dos animais superiores. Entretanto, minha recepção fica limitada pelas cadeias de montanhas.

– Devemos estar muito acima do nível do mar – disse Kirk –, o ar parece rarefeito.

– Correto, capitão. Estamos a aproximadamente 2 mil metros acima do nível do mar, e essa atmosfera é mais rarefeita que o normal da Terra. A gravidade é 1,43 a da Terra. O senhor e o dr. McCoy devem tomar cuidado, até se acostumarem.

– Tem tri-ox[6] na sua maleta, Magro? – perguntou Kirk.

McCoy sorriu.

– Quer dizer que vai confiar em mim para lhe dar outra dose daquela coisa?[7]

Spock manifestou impaciência.

– Sugiro partirmos. E sempre usem a viseira.

– Por quê? Não parece tão frio, exceto pelo vento – alegou Kirk.

O vulcano fez um gesto com o tricorder.

– Minhas medidas indicam que esta região, típica do ecossistema de tundra, está infestada de insetos semelhantes aos pernilongos da Terra. Vamos seguir as bordas do vale. Lembrem-se de que a caverna ficava ao longo de uma cadeia de montanhas.

---

6 Substância que amplia a capacidade de oxigenação do corpo, permitindo que se respire perfeitamente em atmosferas rarefeitas. [N. de E.]

7 McCoy alegou ter usado tri-ox durante uma missão em Vulcano para facilitar a respiração de Kirk no ar rarefeito do planeta, quando na realidade usou um neuroparalisador para tirar o capitão de uma situação delicada. ("Tempo de loucura", temporada 2.) [N. de E.]

Pode estar em algum desses rochedos. Também procurem jazidas minerais que indiquem fontes de água quente. A caverna era aquecida por uma dessas fontes.

– Spock, você não se lembra de nada da região? Marcos geográficos? Poderíamos levar semanas procurando até saber se o Guardião nos colocou no lugar ou na época certa. – Kirk deu uma olhada ao redor, meio desanimado.

– Capitão, estávamos em uma nevasca, sem roupa protetora ou viseiras. O dr. McCoy estava morrendo congelado, e eu tentando carregá-lo. Era impossível memorizar marcos geográficos. – Spock estava praticamente exasperado.

– Acho que estou fazendo perguntas demais. Só podemos esperar que o Guardião não tenha se enganado. Magro, você vai pela esquerda, Spock, vá pela direita, e eu pelo meio. Devemos manter o contato visual tanto quanto possível. Vamos lá.

Quando Beta Niobe estava tingindo a neve de vermelho, os três homens se encontraram no ponto de partida. Kirk e McCoy, demasiadamente cansados para falar, engoliram suas rações e rastejaram para o saco de dormir antes que as estrelas surgissem. Spock, mais acostumado à gravidade elevada, sentou-se sozinho do lado de fora da tenda, até que o frio o obrigou a recolher-se. Nenhum deles vira nada que sugerisse, sequer de longe, vida inteligente: só a deserta mesmice da tundra.

Dois dias se passaram, e o padrão do primeiro dia se repetiu. Procurar pelo vale e ao longo da borda da geleira, encontrar-se num ponto combinado para comer, depois dormir, exaustos. Spock era o único não afetado pela altitude ou exigências físicas da busca. O esforço mental era outra coisa. O imediato parecia fraco e abatido, e McCoy desconfiava que Spock estava dormindo pouco, suposição confirmada em sua terceira noite em Sarpeidon.

O médico acordou, aturdido, com o eco de um combate a distância, e ouviu o vulcano ditando para seu tricorder, em voz baixa:

– ... as amostras do solo indicam que a camada congelada é extensa, e o solo de tundra se mostra rachado com padrão hexagonal. Geologicamente...

McCoy apoiou-se sobre um cotovelo.

– Spock, mas que diabo está fazendo? Que horas são?

– São 1:35,2; hora local, dr. McCoy.

– Por que não está dormindo?

– Como sabe, os vulcanos podem ficar sem dormir muito tempo. Estou tomando notas de minhas varreduras do tricorder para uma pesquisa, que se chamará "Condições Geológicas e Ecológicas..."

– Spock, que raios está fazendo? – Kirk interrompeu.

– Lamento tê-lo perturbado, capitão. Estava ditando notas para um trabalho científico.

– Não está conseguindo dormir? – Kirk ficou preocupado. – O Magro pode lhe dar algum remédio.

McCoy procurou sua maleta no escuro, mas a voz de Spock interrompeu-o.

– Não é necessário, doutor. Posso induzir o sono, se quiser. Não precisarei de uma de suas poções.

A voz do oficial médico era desafiadora.

– Bem, induza-o, então, e vamos ver se, afinal, podemos descansar. – Estendeu a mão, acendeu a luz e deu uma boa olhada no imediato. – Mas olhe só para você. Vulcanos não precisam dormir, uma ova! Você está caindo! – Sua expressão ficou logo preocupada. – Você não está ajudando em nada aquele menino em algum lugar lá fora ficando acordado, se preocupando o tempo todo.

Ninguém havia se referido, até então, ao objeto de sua busca, desde que deixaram a *Enterprise*, e Spock obviamente achou dolorosa a franqueza do médico.

– É fácil chegar a essa conclusão, doutor, pois a razão desta missão não é responsabilidade sua, mas sim minha. Além de recriminações não serem lógicas...

– São desnecessárias – Kirk interrompeu. – Sua situação não é única, sr. Spock. Afinal, essas mesmas coisas têm acontecido com homens e mulheres, desde que começamos a visitar outros planetas. Até eu... – O capitão deteve-se, quando seus dois oficiais trocaram um olhar. – O que isso quer dizer? – perguntou.

– Nada, Jim – disse McCoy, com fingida inocência. – Nada, mesmo. Acho que precisamos descansar mais um pouco.

Foi na tarde seguinte que McCoy descobriu uma fonte de água quente. Deu um grito pelo comunicador, que fez os outros chegarem correndo. Encontraram o médico agachado, examinando uma depressão entre as pedras. Saía vapor dali, e a pedra tinha incrustações de minérios em cores vivas: vermelho, azul, verde e amarelo. Spock fez novamente uma varredura da região, mas não detectou nenhuma forma de vida em especial. Passaram a acompanhar o rio subterrâneo, que fazia meandros ao longo da base dos rochedos.

A novidade da fonte de água quente deixou-os animados até o pôr do sol, quando acamparam de novo, mas esse estado de espírito logo foi substituído pela depressão. Todos sabiam que, se não dessem com nenhum sinal concreto de vida nos próximos dois dias, seriam forçados a voltar e consultar o Guardião de novo. Depois de comerem, Kirk e McCoy jogaram paciência por algum tempo, mas logo se cansaram. Por fim, ficaram ouvindo o vento.

McCoy estremeceu.

– Você ligou o distorcedor esta noite, Spock?

– Sim, doutor. Eu ligo todas as noites. Por quê?

– Nada… Tenho a sensação de que algo nos vigia. Esse lugar está me dando nos nervos. – O médico calou-se abruptamente, depois embaralhou as cartas com um estardalhaço que assustou os outros.

Kirk concordou.

– Sei o que quer dizer, Magro. Tenho sentido a mesma coisa. Excesso de imaginação. Esse vento abala qualquer um. Você tem sorte, Spock. Os vulcanos são imunes a isso.

O imediato ficou pensativo.

– Talvez seja resultado da fadiga, capitão, porque a mesma impressão de que alguma coisa nos vigia tem estado em minha mente. Começou há algumas horas…

Alarmados, Kirk e McCoy concordaram. Spock levantou uma sobrancelha.

– Como nós compartilhamos da mesma impressão, que começou à mesma hora, é possível que estejamos mesmo sendo espionados. Um predador pode estar atrás de nós.

– Pode ser que sim, Spock – disse o capitão. – Temos tido sorte por não encontrar nenhum animal até agora. Amanhã, vamos andar juntos. Verifiquem se os phasers estão com carga total.

A manhã seguinte começou tão luminosa e com céu tão limpo quanto as três anteriores.

– Tivemos sorte quanto ao tempo – comentou Kirk, enquanto caminhavam ao longo da corrente subterrânea, a contraparte gelada do rio fervente que corria por baixo dos rochedos.

– Temos tido sorte com tudo, exceto quanto a encontrar o que viemos buscar, Jim. – McCoy ergueu uma sobrancelha, sardonicamente. – Eu trocaria o bom tempo e a ausência de predadores por avistar... – Spock havia parado tão repentinamente que o médico se chocou contra ele.

– Estou captando algo em meu tricorder. – O tom de voz do vulcano, usualmente indiferente, denotava animação.

McCoy estreitou os olhos, investigando a serra à frente. Com uma exclamação inarticulada, empurrou Spock de sua frente e foi para determinado ponto da parede rochosa. Passando as mãos sobre a superfície bordejada de gelo, voltou-se e falou para os dois:

– Acho que foi aqui que chegamos, pelo Atavachron!

O vulcano logo estava ao seu lado, depois de correr alguns passos.

– Tem razão, doutor. Isso significa que a caverna está... – Spock parou, ciente de um temor irracional. Não tinha vontade nenhuma de descobrir aquela caverna. Confuso, sacudiu a cabeça. Sua a mente fora invadida por sentimentos... *medo... ódio... raiva...* Ofegou, ficou tonto, levou as mãos à cabeça, perdendo consciência de seus companheiros, sentindo apenas aquelas emoções estranhas. Estranhas! Vinham de fora de sua mente... uma invasão. Quando seus joelhos dobraram sob aquele assalto, reuniu todas as suas forças e começou a reagir.

Que força! Era muita, mas... os controles da mente... *meus controles mentais... Meus!* O elo rompeu-se, e ele estava livre. Notou que era segurado pelos braços, por Kirk e McCoy. Devagar, a visão clareou, e, a certa distância, viu uma abertura escura nas rochas, que reconheceu. Enquanto olhava, um vulto saiu de trás de uma pedra e correu para a caverna.

Spock desvencilhou-se de Kirk e McCoy e correu mais depressa que jamais conseguira em toda sua vida. Ouvia os outros, que tentavam alcançá-lo. Estava quase chegando à caverna, quando uma pedra acertou seu ombro. Vacilou, por pouco não caiu, então Kirk e McCoy já estavam ao seu lado, e todos olhavam para a criatura agachada contra a parede rochosa.

Era humanoide, mas tão enrolada em peles que era impossível dizer mais. Spock avançou, e um rosnado veio de dentro do capuz. O som não era humano.

É Zarabeth, pensou McCoy. *Muito alta para ser uma criança. Deve ter enlouquecido com a solidão.* Quando deu alguns passos à frente do vulcano e ia abrir a boca para tentar se comunicar, a figura esfarrapada moveu-se com a velocidade do desespero, e uma pedra de bom tamanho atingiu-o no meio do peito. McCoy perdeu o fôlego e caiu. Kirk pulou para a frente, viu o reflexo de uma lâmina, deu um pontapé e ouviu a arma bater contra a parede. Mãos se apertaram contra sua garganta. O capitão jogou-se para trás, um joelho subindo com força, sentiu o atacante esquivar-se, fugindo ao golpe, e os dedos de aço afrouxaram. Enterrou os polegares nos pontos de pressão dos pulsos, e, quando eles escorregaram, afrouxaram-se. O ar queimava sua garganta. Kirk esticou o corpo, tentando se livrar inteiramente, sentiu dentes enterrarem-se em seu pulso, e depois a criatura largou o corpo por cima dele, caindo.

Spock tirou a mão da junção entre pescoço e ombro, enquanto o capitão tentava se levantar, esfregando a garganta.

– Magro, você está bem? – disse com voz rouca, e viu McCoy andando com dificuldade, vindo em sua direção, com o tricorder médico ligado. Afastaram-se, enquanto o médico passava o sensor sobre aquele monte de peles e ergueu a cabeça.

– Humanoide… vulcano… e alguma coisa mais. Ajudem-me a virá-lo.

O capuz caiu para trás, revelando o rosto, barbado, com cabelo preto e comprido amarrado para trás. O rosto da pintura, mas mais velho, de um homem de mais de 20 anos. McCoy ficou de cócoras, olhando.

– Acho que cometemos um pequeno erro de cálculo... Mas antes tarde que nunca. – Levantou os olhos para Spock e voltou a observar seu paciente, sem sentidos. – As características raciais são indiscutíveis, não?

◢ SEIS

Kirk não conseguia ver o rosto de Spock, mas o vulcano parecia aturdido, hesitante.

– Talvez fosse melhor levar... o rapaz... para a caverna. Lá está mais quente.

O capitão esperou um segundo, mas o outro não se moveu, de modo que fez um sinal para McCoy, e os dois carregaram o corpo inerte para dentro. Kirk reconheceu o interior da caverna por causa das fotografias, mas sua atenção dirigia-se, antes de qualquer coisa, para Spock, que seguia a distância. Assim que a carga foi colocada sobre um monte de peles, Kirk deixou o médico e voltou-se para o seu imediato.

Havia removido sua viseira, mas suas feições ainda eram como outra máscara: a pele esticada sobre o osso, olhos inexpressivos, enevoados. *Ele está em estado de choque*, pensou Kirk, profundamente preocupado, *o que não é de surpreender. Encontrar um adulto, quando esperava uma criança... ou mesmo descobrir seja lá quem for! Como será que eu me sentiria, ou reagiria? Provavelmente, da mesma forma...* Hesitante, pousou a mão no braço do amigo. Spock não reagiu ao gesto exteriormente, mas aliviou a tensão dos músculos em contato com os dedos de Kirk.

O capitão removeu sua viseira, puxou o capuz para trás e dirigiu-se a McCoy e a seu paciente. Debaixo das peles, o jovem vestia uma túnica de pele, e o médico desapertara os cordões da frente, despindo o peito. Debaixo de uma camada de cascão e pelos pretos, ossos e costelas apareciam claramente. O médico comprimiu diversas injeções no ombro do paciente, e olhou para Kirk.

– Vai acordar daqui a um minuto. Está em muito boa forma para alguém que tem vivido à beira da fome por anos. Incrível como conseguiu sobreviver. Por onde será que anda Zarabeth?

– Não vejo outro lugar para dormir – disse Kirk, olhando em volta. – Já deu algo para acalmá-lo? – O capitão esfregou seu pescoço machucado, enquanto McCoy limpava o sangue de seu pulso. – Não vou me arriscar a lutar contra ele mais uma vez. – Procurou por Spock com o olhar, que ainda estava virado, e baixou a voz. – Herdou a força do pai, além daquelas orelhas.

– Não acredito que vá querer lutar de novo quando vir nossos rostos – respondeu McCoy, concentrado, passando a sonda médica sobre o rapaz. – Acho que se assustou com as viseiras. Só Deus sabe o que pensou. Talvez que o nosso rosto fosse assim mesmo. – Virou a cabeça e dirigiu-se ao vulcano. – Ele já deveria ter acordado, Spock. Você acha que é normal essa inconsciência prolongada?

O imediato meneou a cabeça, enquanto se aproximava. Ficou de pé junto a eles, não muito perto, olhando para o rapaz.

– Claro que a luta pode tê-lo afetado. Está subnutrido. Jim golpeou-o com força algumas vezes, também... – McCoy ficou olhando para o rosto inexpressivo do vulcano e insistiu: – Você deveria estar muito grato por ele estar vivo e já com idade para cuidar de si mesmo... Se não me engano, você não se dá muito bem com crianças. – Passou a sonda de novo e acenou. – Está acordando agora.

O vulto vestido de couro estremeceu e gemeu. Os olhos abriram-se. Cinzentos, arregalados de medo, depois se acalmando, ao perceber os olhos azuis e amigáveis de McCoy e seu cabelo escuro e o sorriso simpático de Kirk. Ergueu mais o olhar, para Spock, cujo rosto estava encoberto pelo capuz da roupa térmica, e voltou para os outros dois. O rapaz sentou-se, um pouco tonto, esfregando o pescoço. Os olhos estavam arregalados agora, mas de curiosidade.

O capitão olhou para seu imediato, ainda calado e distante, e depois, propositadamente, assumiu seu melhor sorriso diplomático.

– Desculpe por não termos um começo melhor. Deveríamos ter nos lembrado de que nossas máscaras poderiam assustar alguém que nunca as tivesse visto antes. Você deve ser filho de Zarabeth.

O jovem assentiu, obviamente surpreso, e, com alguma dificuldade, num tom de quem falou sozinho por muito tempo, disse:

– Sim... sou filho de Zarabeth. Meu nome é Zar. Estavam procurando por mim? De onde vieram? – A voz dele era agradável, não tão grave quanto a de Spock, com seu modo de falar tão preciso.

– Sou o capitão Kirk, da nave estelar *Enterprise.* Meu oficial médico, dr. Leonard McCoy. – O capitão fez um gesto na direção do oficial, que sorriu. Os olhos cinzentos moviam-se pela caverna e fixaram-se no vulcano, enquanto Kirk titubeou. – E este é meu primeiro oficial, sr. Spock.

Ainda observando Spock fixamente, Zar levantou-se lentamente, enquanto McCoy oferecia a mão para que ele se firmasse. A voz do médico era suave:

– Onde está Zarabeth?

O olhar do rapaz não deixava Spock, enquanto respondia, distraído, mas sem parecer triste.

– Ela... está morta. Morreu ao cair num precipício no gelo, há sete verões. – Lentamente, como se Kirk e McCoy não estivessem mais presentes, passou por entre eles e deteve-se diante do vulcano.

Seus olhos estavam no mesmo nível, enquanto Zar disse, em voz baixa:

– Spock... primeiro oficial da *Enterprise*... meu pai. – Uma afirmação simples, que ficou pairando no ar.

Spock deu um grande suspiro.

– Sim.

Era surpreendente ver o sorriso espalhar-se pelo rosto inicialmente sem expressão daquele rapaz, um olhar de alegria tão espontânea que os humanos também se viram sorrindo. Os punhos cerrados de Zar relaxaram, e, por um momento, Kirk pensou que poderia abraçar o vulcano, mas algo naquele vulto remoto, mãos atrás das costas, parecia impedi-lo.

– Estou contente porque o senhor veio – ele disse, simplesmente. Foi a frase mais sincera que o capitão já ouvira. O incrível sorriso ainda estava no rosto barbudo, quando dirigiu-se aos humanos. – E vocês também. Vieram só para me encontrar?

– Sim, há quatro dias estamos procurando por você – disse-lhe Kirk.

– Como chegaram aqui? Minha mãe contou muitas coisas sobre os dois homens que vieram do futuro, mas ela disse que o mundo iria explodir. O Atavachron deve ter sido destruído também.

– Utilizamos outro método para achar você. Um portal do tempo, chamado o Guardião da Eternidade. Você tem razão sobre a destruição. No nosso presente, este planeta não existe mais – explicou o capitão.

O jovem concordou, enquanto afastava o cabelo comprido da frente dos olhos, apertando a tira de couro para prendê-lo. Puxando a túnica sobre o peito, começou a amarrá-la de novo.

– Eu os segui – foi dizendo, sem olhar para cima. – Não sabia quem eram. Nem mesmo desconfiava. Pensei que fossem alienígenas de outro tempo ou de outro mundo... Nem percebi que vocês são *gente*. E, então, vocês me pegaram quando tentei fazê--los ir embora.

McCoy deu um sorriso sarcástico.

– Foi um erro mesmo. Você sabe lutar bem, filho. Fazia muito tempo que nos espionava?

– Desde a noite passada. Estava na montanha, caçando, e os vi quando começava a escurecer. Tentei atacar o acampamento na noite passada, mas senti dor na cabeça e não me aproximei.

– Era um distorcedor sônico – Kirk explicou-lhe. – Isso explica por que nos sentimos espionados! Receava que este seu planeta estivesse afetando nossa mente.

Zar concordou, pensativo, e depois recordou-se de amenidades há muito esquecidas.

– Vocês estão com sede? Posso trazer um pouco de água. Ou se estiverem com fome, tenho carne salgada, aqui ao lado. E tem a caça lá fora, carne fresca.

– Obrigado! Mas trouxemos nossas rações.

Kirk sentou-se no chão, abriu sua mochila e tirou quatro pacotes. Zar sentou-se, pernas cruzadas, abriu o seu pacote e cheirou, cauteloso. Aparentemente reconfortado, engoliu rapidamente o *wafer*. *Um verdadeiro paradoxo*, pensou o capitão, observando-o lamber as migalhas do pacote. *Fala como o produto bem-educado de uma família moderna, mas seu aspecto e atitudes são os de um homem primitivo.* Procurou outro *wafer* em sua mochila e ofereceu-o ao rapaz, que estava fazendo força para não olhar com muita fome.

– Temos bastante, Zar. Coma!

Quando McCoy lhe entregou o terceiro *wafer*, Zar hesitou antes de pegá-lo, tentando lembrar-se de algo.

– Não, muito obrigado.

O último concentrado foi comido devagar, e não sobrou nada. O caçador lambeu bem os dedos, com bastante eficiência, e suspirou de contentamento.

– Foi bom. Como as coisas que tínhamos para comer quando eu era pequeno.

– Que idade você tem? – McCoy perguntou-lhe.

– Tenho 25 verões. Logo vão ser 26.

– Então, você está sozinho desde os 19? – perguntou Kirk.

– Sim.

O capitão balançou a cabeça.

– Sete anos é muito tempo para ficar sozinho.

Os olhos cinzentos estavam fixos.

– Não pensei muito nisso. Não faz sentido desperdiçar os pensamentos e tempo em uma situação que não pode ser mudada.

McCoy piscou os olhos, surpreso.

– Isso soa como alguém que conheço – murmurou.

Kirk deu uma olhada na entrada da caverna, onde as sombras já se alongavam.

– Está ficando tarde. Vamos partir logo.

– Como vão voltar? Não há um Guardião aqui.

– Nós não sabemos bem como funciona – disse Kirk –, mas o Guardião parece perceber que uma missão foi cumprida. Quando estivermos prontos, daremos um passo para a frente e... pronto! De volta ao nosso próprio tempo.

– Gostaria de ver o seu tempo. Fiquei olhando as estrelas muitas noites, pensando como seria bom vê-las, visitá-las. – Zar encarou Spock. – Acho que é do sangue esse desejo.

Evidentemente, não passou pela cabeça dele que voltará conosco, pensou McCoy, esperando que o vulcano esclarecesse o mal-entendido. Vendo que Spock não iria se manifestar, o médico disse:

– Quando partirmos, filho, você irá conosco. Por isso estamos aqui.

Os olhos cinzentos arregalaram-se com a surpresa, e o sorriso voltou. Ele virou-se para Spock:

– Vai me levar com você? Para a espaçonave e para ver as maravilhas que minha mãe me contou?

O imediato assentiu, calado.

– E onde há sempre muita coisa para comer?

Momentaneamente desconcertado, o capitão percebeu que comida deveria mesmo ser uma das coisas mais importantes do mundo para alguém que tinha que lutar por cada refeição. Apressou-se em lhe assegurar:

– Sim, sempre há bastante comida; às vezes, até demais – com um sorriso malicioso para McCoy.

Ainda observando Spock, Zar ficou sério.

– Você veio para cá, me procurou, mesmo sem me conhecer... Obrigado... pai.

O vulcano não se moveu, mas Kirk teve a nítida impressão de que ele se encolhera. Spock desviou o olhar, com expressão remota.

– Não voltei antes porque não sabia que você... existia. Era uma questão de dever e lealdade para com a família.

– Como descobriu que eu havia... nascido?

– Vi a fotografia que um arqueólogo fez das suas pinturas na parede da caverna. Não havia outra explicação lógica para as características raciais. – Casualmente, o vulcano puxou seu capuz para trás.

O jovem estudou as feições de Spock, já na penumbra. Depois de algum tempo, considerou consigo mesmo:

– Às vezes, me olhava no espelho da minha mãe, mas ele era pequeno. Quando eu tinha 15 verões, pintei meu rosto na parede da caverna, com minhas pinturas de caça. Depois que ela morreu, eu conversava com o rosto na parede. Agora é como olhar para a parede de novo... pai.

– Prefiro que me chame pelo nome – disse Spock rigidamente. – Acho o apelativo "pai" impróprio quando usado por um estranho.

Os olhos cinzentos ficaram um pouco confusos, depois, toda a animação esvaziou-se do rosto de Zar, até que se transformou num espelho dos olhos de pedra do vulcano.

– Como o senhor quiser. – Levantando-se depressa, pegou seu casaco de pele e saiu da caverna.

McCoy resmungou um palavrão e ficou sobressaltado. Em seguida, foi atrás do moço. Kirk ficou constrangido ao perceber que qualquer comentário de sua parte seria tomado como ingerência indevida.

– Vou apressar o Magro – disse, por fim, e dirigiu-se para a boca da caverna.

O capitão encontrou Zar ajoelhado ao lado do corpo de um grande animal com chifres, que ele evidentemente arrastara sobre o gelo utilizando arreios de couro. Kirk ficou ao lado do médico, observando, enquanto o rapaz pegou uma faca bem afiada e começou a esfolar, com bastante eficiência, a carcaça desventrada.

– Como você pegou esse bicho? – perguntou Kirk, notando a ausência de armas, exceto por aquela faca.

– Com aquilo – Zar apontou com o queixo para três pedras redondas ligadas entre si com tiras de couro trançadas. – Foi minha mãe quem fez. Ela leu sobre isso num livro que tínhamos.

– Uma boleadeira... – Kirk pegou a arma, sopesou e girou no ar, experimentando-a. – Precisa ter prática para derrubar a caça com uma coisa dessa. É assim que você consegue toda a comida?

– Não. Às vezes, uso iscas, armadilhas ou pedras com iscas.

– Por que não faz um arco e flecha? – McCoy quis saber.

O caçador ficou de cócoras e apontou para o vale, com a mão ensanguentada.

– Precisaria de madeira, e só há árvores a cinco dias de viagem, que é o mais longe que já fui. – Voltou ao trabalho.

– Precisamos ir embora, filho, e acho que não será possível levar essa carne – disse Kirk, olhando para McCoy.

Zar parou, depois levantou-se devagar.

– Eu não sabia que... Mas claro que o senhor está certo, capitão. – Limpou a faca na pele do animal e embainhou-a, metodicamente. – De qualquer modo, parece um desperdício deixar tudo isso aí.

Em silêncio, os três começaram a juntar o material do acampamento, espalhado do lado de fora da caverna.

Lá dentro, Spock continuava sozinho, olhando as pinturas. As cores eram mais vivas do que pareciam ser nas fotos. Estava confuso, sentia-se irritado consigo mesmo. Toda a situação era altamente incômoda – altamente implausível. Era muito jovem para ter filhos com 25 verões. O olhar do vulcano perpassava pelas paredes de pedra, e viu vários pedaços de carne pendurados num canto. Seu estômago apertou, e disse a si mesmo que aquela reação era ilógica. *Claro que Zar comia carne. Os suprimentos de Zarabeth já deveriam estar esgotados.*

Seus olhos pousaram sobre a cama, um amontoado de peles. Teve uma repentina e vívida memória, sua boca sob a dela... a pele dela, quente e suave... os gritinhos que ela dava quando... Spock sacudiu a cabeça violentamente, bloqueando as imagens de um incidente que nunca mais admitira ter acontecido.

Mas aconteceu – é ilógico tentar negar. E a prova está bem aí fora. Spock percebeu que a caverna estava sufocante e que estava suando.

Vozes interromperam seus pensamentos, e ele voltou-se para ver os outros entrando.

– Estamos prontos para partir – dizia Kirk, depois dirigiu-se a Zar. – Alguma coisa que queira levar com você?

O jovem olhou em volta lentamente.

– Só meus livros e as armas. Vou pegar.

Voltou em poucos minutos, com uma trouxa de couro.

– Pronto? – perguntou Kirk, e Zar olhou à volta de novo e hesitou.

– O que é, filho? – A voz de McCoy era suave, pois imaginava como deveria ser abandonar o único lar que conhecia, em troca de um futuro incerto – com uma calculadora de orelhas pontudas que o chamava de "estranho".

– Não gosto da ideia de deixá-la... sozinha.

Kirk levantou as sobrancelhas.

– Ela? Quer dizer, sua mãe? Pensei que você tivesse dito que ela caiu num precipício.

– Sim. Fui lá embaixo assim que foi possível, mas... tudo o que consegui fazer foi trazer o seu corpo. O chão é duro demais para cavar, e não há madeira para fazer fogueira... Coloquei-a na caverna, debaixo do gelo.

Kirk pensou por um instante.

– Você cremaria o corpo se pudesse? – perguntou, por fim.

O rapaz não o encarou, mas assentiu lentamente.

– Bem, temos os nossos phasers e podemos fazer isso. Onde está ela?

– Vou lhe mostrar.

Havia uma passagem tortuosa no fundo da caverna. Depois dos primeiros passos, a escuridão era total, mas seu guia o levava com a facilidade de quem passava por ali costumeiramente. Kirk tinha consciência de que McCoy vinha atrás, quase junto dos seus calcanhares, e não podia culpá-lo. *Não seria nada bom perder-se neste labirinto...* Mais atrás, podia ouvir outros passos ecoando.

Notou um fraco brilho azul-esverdeado à frente, e seus olhos, famintos de luz, agarraram-se a ele ansiosamente. A luz ficou mais forte, e por fim saíram da passagem para um lugar fracamente iluminado por aquele brilho aquoso. Kirk ouviu McCoy prender o fôlego.

A caverna era grande, com paredes rochosas muito recortadas. No centro do recinto, uma luz rósea era filtrada por uma fenda lá em cima, o céu ainda tocado pelos raios do poente de Beta Niobe. O resto da caverna era escurecido pela espessura do gelo, e o capitão mal podia discernir a fina camada congelada que cobria paredes e chão. O lugar estava cheio de um terrível e silencioso frio. Os olhos de Kirk foram atraídos para uma pequena plataforma no centro.

Ela vestia um grande casaco de pele, coberta com outra pele. As mãos unidas sobre o peito, e os olhos, fechados. Na luz suave, o rosto gelado tinha um tom cor-de-rosa que imitava a vida.

– Tal como me lembro dela. – A voz de McCoy veio baixinho do lado dele. Kirk estremeceu, absorto no encantamento que aquele rosto sereno irradiava.

– Parece até que podemos acordá-la. Se ao menos... – o sussurro do capitão desapareceu. Houve um arrastar de pés atrás dele, e soube que Spock estava ali, na boca do túnel. Resistiu ao impulso de virar-se.

Zar avançou, parou junto à plataforma por um bom tempo, o cabelo solto escondendo seu rosto, enquanto olhava uma última vez para o corpo de Zarabeth. Depois, seus dedos sujos tocaram suavemente o rosto gelado, ele recuou e ficou esperando.

Kirk pegou o phaser, mas interrompeu-se. Parecia desumano vaporizar o corpo sem dizer algo. Tocou o braço de McCoy, e os dois avançaram até o corpo. O capitão limpou a garganta.

– A qualquer ser, crença ou ideal que essa pessoa possa ter respeitado, encomendo seu corpo físico. – Pausa. – Tenho certeza de que sua alma já foi bem recebida há muito tempo. – Olhos lacrimejando, terminou em voz baixa. – Eu mesmo gostaria de tê-la conhecido.

McCoy também mexeu-se, para falar:

– Era uma mulher muito bela e muito corajosa.

Um longo silêncio. Kirk soltara a trava e iria disparar o seu phaser, quando Spock falou das sombras:

– Ela foi todo o calor que este mundo já teve. – O vulcano avançou, phaser na mão. Enquanto Kirk e McCoy recuavam, ele apontou cuidadosamente e disparou. A plataforma e o corpo brilharam, expandindo-se num clarão glorioso. Por um momento, Zarabeth ficou delineada num fogo branco, depois a caverna estava vazia, exceto pelos vivos.

Spock deixou cair o braço e permaneceu um pouco, enquanto os outros passavam por ele, rumo à boca do túnel. Kirk disse a si mesmo que nunca vira o amigo parecer tão vulcano – até olhar em seus olhos.

# SETE

Zar lá estava, inclinado contra o chicote do vento, olhando para o Guardião e para as estrelas lá em cima, brilhantes, sem piscar, próximas. Ao observá-lo, Kirk lembrou-se da primeira vez que ele mesmo contemplara estrelas desconhecidas – o espanto, o aperto no estômago, um estremecer de alegria – e sorriu. O rapaz tocou timidamente o portal do tempo e examinou a porção central, agora inativa. Quando Kirk e McCoy chegaram perto, virou-se para eles.

– Como isso funciona, capitão?

Kirk fez uma careta.

– Eis aí uma boa pergunta, ainda sem resposta. Algumas das melhores mentes da Federação já o estudaram e não chegaram a um acordo. Pergunte a Spock, talvez ele tenha uma teoria. Foi um dos escolhidos para estudá-lo.

O rosto barbudo contraiu-se, pensativo.

– Quando o toquei, senti uma vida, mas não era nada como qualquer outra coisa que eu tenha sentido antes... Ela se... comunicava... – Inclinou-se ainda mais concentrado. – Não consigo explicar.

Os olhos de Kirk espantaram-se.

– O que quer dizer? Você... – Segurou o frenético balançar de cabeça de Zar. De repente, foram interrompidos por uma voz familiar.

– Ei! – A dra. Vargas veio correndo. – Voltaram mais depressa do que pen... – parou ao notar o quarto membro da turma. – E tiveram sucesso! – Examinou Zar de alto a baixo. – Saudações! Eu estava esperando por alguém... mais jovem.

Obviamente confuso, o rapaz olhou para Spock, que se adiantou.

– Dra. Vargas, este é Zar. Chegamos num período posterior ao que desejávamos e encontramos um adulto, em vez do menino que buscávamos. Zar, esta é a dra. Vargas, chefe da expedição que estuda o portal do tempo.

Timidamente, o jovem inclinou a cabeça. O olhar de Vargas fixava-se nas suas roupas, obviamente fascinada.

– Gostaria de conversar com você antes da partida, se tiver tempo. Nunca vi roupa de couro antes que não estivesse estragada pelo tempo, em algum túmulo antigo. Grande oportunidade para conversar com alguém que viveu da mesma maneira que nossos antepassados. Usou tripa para costurar? Como curtiu as peles?

Zar relaxou visivelmente com sua aceitação natural por parte de Vargas.

– Sim, usei tripa para costurar. Minha mãe tinha algumas agulhas de metal, mas fiz as minhas de osso depois que as outras quebraram. Trouxe algumas coisas comigo. Quer ver?

Os três oficiais observaram por um instante enquanto o rapaz e a arqueóloga examinavam os instrumentos do passado. Spock pediu licença e deixou o grupo, indo para o acampamento. Dera apenas alguns passos quando Zar o alcançou correndo e o deteve.

– Preciso falar com... o senhor um momento.

– Sim? – E o vulcano ergueu uma sobrancelha inquisidora.

– Estive pensando nos poderes do Guardião. – Os olhos cinzentos estavam calmos. – Agora que estou aqui, no presente, não seria possível que *eu* voltasse ao passado também? Talvez pudesse... estar lá para avisá-la, segurá-la antes que caísse. Salvá-la, antes que morresse. Se o senhor me dissesse como...

Mas Spock estava balançando a cabeça.

– Não, não é possível. O que é *agora*, deve *ser*. Se você tivesse que salvá-la então, não poderia estar aqui e agora, sabendo que ela está morta. A linguagem comum é inadequada para exprimir os conceitos envolvidos nessa questão. Poderei mostrar-lhe a equação depois. – Sentiu algo nos olhos, por um momento. – Lamento sinceramente.

O desapontamento passou pela expressão do jovem por um segundo, mas depois se conformou. O imediato olhou para a dra. Vargas, que ainda examinava o conteúdo da trouxa de couro.

– Dra. Vargas...

– Sim?

– Preciso enviar uma mensagem por rádio subespacial. Seria possível usar o do acampamento?

A mulher pequena e gorda levantou-se com certo esforço, limpando a poeira de cinzas dos joelhos de seu macacão marrom.

– Mas claro, sr. Spock. Vou mostrar-lhe onde fica. Aliás, talvez possa me ajudar. Nosso técnico se machucou no mês passado ao levar um tombo enquanto explorava as ruínas. Ele teve de ser mandado para a Base Estelar mais próxima para tratamento. Ainda não veio um substituto, e alguns circuitos do equipamento de comunicações não parecem estar funcionando bem. Infelizmente, nenhum de nós tem conhecimento suficiente para fazer os reparos.

– Equipamentos de comunicação não são minha especialidade, mas vou fazer o que puder. – O vulcano dirigiu-se então para Zar: – Vá com o capitão e o dr. McCoy. Eles irão mostrar-lhe um lugar para se lavar e darão a você roupas mais adequadas.

O rapaz ficou observando o primeiro oficial se afastar, curioso, antes de se dirigir aos outros.

Ao chegarem ao prédio do acampamento, Kirk foi buscar um macacão que estivesse sobrando, e McCoy levou seu protegido para dentro, vendo que o rapaz examinava tudo à sua volta. No entanto, procurava comportar-se bem – até chegarem à sala de recreação. Ao entrarem, as luzes automaticamente se acenderam. Zar pulou de bruços no chão, faca na mão, olhos dardejando de um lado para o outro.

McCoy estendeu-lhe a mão, reconfortando-o.

– Calma, filho. As luzes percebem o calor do corpo e se ligam quando passamos pela porta.

Os olhos cinzentos ainda estavam assustados.

– Automaticamente?

– Sim; saia da sala de novo.

Foram para trás, e as luzes se apagaram. O protegido de McCoy avançou e soltou uma interjeição quando as luzes se acenderam. Passou o minuto seguinte tentando descobrir quanto de seu corpo precisava avançar para causar aquele fenômeno. *Uma perna era o bastante, mas não um pé.*

O médico ficou assistindo, tolerante, divertido e, quando o moço deu por encerrada sua experiência, apresentou-o às maravilhas da água encanada.

As instalações do chuveiro causaram certa revolta no seu aluno:

– Mas água é para *beber!* – argumentou. – Não é possível que haja tanta água para desperdiçar assim!

– Aqui, não precisamos derreter a água, Zar. Podemos ter tanta água quanto for preciso. Há muita água. Como você se lavava antes?

– Usando um balde, às vezes. Quando minha mãe estava viva, fazia eu me lavar mais vezes, mas depois... – Deu de ombros, com o dorso vestido de pele.

– Então, já é hora de fazer faxina no seu corpo. Garanto que vai doer só um pouquinho, mas depois você se acostuma. Isto aqui é primitivo se comparado com as instalações a bordo da *Enterprise*, que é o que você vai usar todo o tempo!

Um sorriso brotou no canto de sua boca, por causa da preocupação no rosto do rapaz, e forçou-se a dizer, sério:

– Agora, apresse-se! O capitão estará de volta a qualquer momento. Lembre-se: este é o controle da água, sabonete ali, ar quente à sua direita. – Virando-se para ir embora, deu uma última olhada em seu relutante pupilo.

– *Entre, agora!* – ordenou e fechou a porta.

Os sons de água que vieram do outro lado da porta garantiram-lhe que suas instruções estavam sendo seguidas. McCoy riu, lembrando-se de que dissera a Zar para prender o fôlego, caso pusesse a cabeça debaixo da água.

Kirk entrou, trazendo uma pilha de roupas. Apontou com a cabeça na direção do ruído de água.

– Está tudo bem lá dentro?

– Acho que sim. Ele estava um pouco em dúvida, mas, quando lhe disse que todos numa espaçonave tomavam banho, concordou. Onde está Spock?

– Foi enviar aquela mensagem. Acho que é alguma confirmação para T'Pau. Vargas me disse que ele vai consertar os circuitos.

– Provavelmente, gostou da desculpa para ficar longe. Onde está minha maleta médica?

– Aqui. – O capitão passou-lhe a valise preta.

– Muito bem. – O médico pegou diversas cargas para sua hipodérmica. – Preciso garantir que ele não irá pegar todos os micróbios, desde sarampo até febre rigueliana. Provavelmente não tem imunidade natural. Belo rapaz, não acha? Amigável como um cachorrinho. Detesto pensar no que duas semanas de desumanização vulcana vão fazer com ele. Viu o jeito como ele olha para Spock? Já começou a imitá-lo.

– Natural, não é? Mas eu não me preocuparia muito. Ele tem muita autoconfiança. Tem muito a aprender, e a disciplina vulcana talvez seja tudo de que precise.

McCoy resmungou.

– A disciplina vulcana só é boa para... – Interrompeu-se quando notou que o barulho do chuveiro havia parado.

Kirk sorriu e foi para a porta.

– Vou embora para que você possa vesti-lo e barbeá-lo. Afinal, sou um capitão de nave estelar... não um criado de quarto.

Zar nem bem saíra do chuveiro, sem cascão e sem roupas, e o oficial médico já havia lhe dado várias injeções.

– Para que é isso? – quis saber, ficando tenso com o chiado da hipodérmica.

– Para que não pegue nenhuma doença de nós. Pronto, esta é a última.

McCoy passou a sonda por ele e fez um exame visual, muito profissional. Embora estivesse magro, quase macilento, o médico gostou de ver que o tônus muscular estava bom. *Como um cavalo pronto para as corridas,* pensou McCoy, *e não como um caso de anorexia. Ombros de bom tamanho – quando atingir seu peso certo, terá mais massa que Spock. Mas como conseguiu essas cicatrizes?*

Os ferimentos há muito haviam fechado, mas ainda podiam ser claramente notados. Um passava pelo braço direito, do pulso até o cotovelo. O outro começava no exterior da coxa direita e continuava quase até o joelho. McCoy sacudiu a cabeça ao imaginar o aspecto original dos cortes.

– Onde se machucou assim, filho? – perguntou, apontando as cicatrizes.

– Fui atacado por uma vitha. Estava com filhotes, e eu me abriguei perto de sua toca durante uma tempestade. Caí no sono, ela voltou e pulou em cima de mim, antes que eu pudesse sentir o medo nela.

O médico entregou-lhe as roupas que Kirk trouxera e, enquanto o ensinava a se vestir, continuou a conversa:

– O que é um vitha? É um daqueles animais que você pintou?

– Não. Eles são muito ariscos e raramente são vistos. São bravos, quando encurralados, então eu nunca os caçava. As feridas que eles provocam apodrecem facilmente, como eu mesmo descobri. – Descreveu uma forma, gesticulando. – Desta altura, com peito grande e orelhas que… eu poderia desenhar um, em vez de falar.

McCoy pegou um grafite e um bloco de papel e mostrou como usá-los. Os dedos longos e finos, com unhas maltratadas, esboçaram rapidamente e descreveram uma bizarra criatura que pareceu ao médico uma mistura de foca e cabra. Reconheceu-o: vira um esqueleto num livro sobre o passado de Sarpeidon e lembrou-se de que tinha dois metros e meio de altura quando apoiado sobre as patas traseiras.

– Se é assim que parecem, você fez muito bem ficando longe deles. – McCoy estudou um pouco mais o apressado esboço. O estilo era sem sofisticação, mas havia precisão e certa sugestão de vida e movimento. – Preciso apresentá-lo a Jan Sajii, quando voltarmos à *Enterprise*. É um artista razoavelmente famoso, além do trabalho que faz em xenobiologia. Talvez ele possa lhe dar algumas aulas.

Zar concordou.

– Eu gostaria, sim.

McCoy pegou uma tesoura cirúrgica em sua maleta e apontou ao rapaz uma cadeira.

– Vai ser uma vergonha cortar isto – ele comentou, sopesando as mechas de cabelo preto, levemente ondulado, que caíam quase até a cintura do jovem. – Mas a atual moda masculina, especialmente a bordo de naves estelares, decreta que é preciso um corte. – Solenemente, envolveu Zar num lençol e começou a cortar, com agilidade. – Antigamente, um cirurgião passava boa parte do tempo trabalhando como barbeiro. Não posso decepcionar os predecessores.

Seu cliente não entendeu nada.

– Como?

– Estava falando de algo muito antigo. Depois eu explico. Algo que você disse agora há pouco está me intrigando. Como você poderia "sentir o medo" na vitha? O que isso quer dizer?

– É o que tentei fazer com... o sr. Spock, quando pensei que vocês iriam descobrir minha caverna. A mente dele era forte demais para o meu medo. E três eram demais para eu afetar.

– Quer dizer que você pode projetar suas emoções como uma forma de defesa?

– Não sei como faço. Se estou assustado ou com raiva, posso... focalizar minha mente numa pessoa ou animal, se for um animal superior, e posso fazer o medo e a raiva que sinto irem para a mente do outro. Se tentar com força, posso tornar o medo tão forte, que o animal vai embora. Quando a vitha me atacou, eu tinha certeza de que iria morrer, e meu medo e raiva, enquanto lutava com ela, eram tão fortes que eu a matei. Pelo menos, é o que acho que aconteceu. Perdi a consciência da dor e quando percebi o que estava acontecendo, ela estava morta e minha faca ainda na bainha. Nunca mais consegui projetar nada tão forte de novo.

– Isso é algo que você aprendeu com Zarabeth?

– Não. Ela me disse que alguns dos membros de sua família podiam sentir emoções e comunicá-las, mas ela mesma não conseguia.

– E sobre ler pensamentos... ideias?

Zar pensou cuidadosamente antes de responder:

– Às vezes, quando você me toca... posso dizer o que está pensando. Só um pouquinho, depois acaba. Hoje, quando estive com outros pela primeira vez, precisei bloquear tudo, porque as impressões eram confusas. Quando eu era pequeno, aprendi a saber o que minha mãe estava pensando, mas ela me disse que não era educado fazer isso sem que desse permissão.

Então, pensou McCoy, *Zar pode ter herdado um pouco da habilidade telepática dos vulcanos, além dessa projeção do medo, seja lá o que for. Preciso testá-lo quando voltarmos à nave.* Ficou ocupado com o pente e a tesoura e deu um passo atrás depois de mais alguns minutos, para admirar seu trabalho.

– Nada mau. Agora vamos nos livrar dessa barba.

Minutos mais tarde, o jovem passou as mãos na cabeça, depois no queixo.

– Sinto frio no pescoço.

– Não é de surpreender – McCoy disse, distraído, estudando as feições recém-expostas. *Vejo os traços da mãe dele, no queixo e na boca, mas principalmente...* Sacudiu a cabeça. – Vamos – disse, pegando a tesoura. – Vamos limpar tudo e arranjar alguma coisa para comer.

Os olhos cinzentos se iluminaram à menção de comida.

A cozinha estava cheia de odores apetitosos, quando chegaram. Kirk e Spock já estavam lá, sentados a uma grande mesa, com a dra. Vargas e o restante dos arqueólogos. Zar hesitou um pouco depois de passar pela porta, de repente consciente de todos os olhares fixados nele. Ao olhar para mais rostos que já vira em toda a vida, sentiu o coração bater forte, mesmo que não houvesse nada contra que lutar, nada de que fugir. Os olhos dele procuraram desesperadamente por algo familiar. Descobriu o rosto do capitão, e o de Spock, mas não havia nada reconfortante nas expressões deles: só espanto.

McCoy pousou uma mão em seu ombro, e Zar sobressaltou-se.

– Sente aqui, filho. – O rapaz ficou aliviado por poder fazer alguma coisa, aliviado por se sentar junto ao médico, escapando dos olhares que não entendia. Silêncio por um bom tempo, depois a dra. Vargas limpou a garganta.

– Não sabia que as semelhanças genéticas entre os vulcanos eram tão marcantes, sr. Spock. Qual é o grau de parentesco entre vocês?

A voz do primeiro oficial era normal, mas ele não encarou a arqueóloga diretamente.

– Os graus de parentesco em Vulcano são complicados. O termo é intraduzível.

Lá vai outra mentira, pensou McCoy, e olhou para Zar. O jovem fitava Spock sem expressão, mas o médico sabia que a evasiva fora percebida, pelo menos a razão para ela.

O rumor das conversas reapareceu, e McCoy passou algumas tigelas de comida para seu protegido. Zar comparou, mentalmente, a quantidade de comida à mesa com o número de pessoas e serviu-se apenas de uma pequena porção. Já havia vivido com muito menos em outras ocasiões. McCoy percebeu e perguntou-lhe:

– Não está com fome? Tem muito mais lá de onde veio isto.

– Bastante para todos? – O jovem parecia incrédulo.

– Claro! Vá em frente! Pegue quanto quiser. – McCoy passou-lhe outra tigela. Hesitantemente, o rapaz serviu-se, depois começou a comer, devagar, manejando a faca e o garfo com eficiência, mas observando e imitando os outros no uso dos talheres. McCoy notou que Zar escolheu a mesma comida que Spock.

Terminada a refeição, a dra. Vargas convidou-os para ficar com os outros, na sala de recreação, explicando-lhes que vários dos arqueólogos tocavam instrumentos musicais e apresentavam um concerto informal todas as noites.

Enquanto procuravam cadeiras, Kirk sussurrou para McCoy:

– Você fez de propósito, Magro. Cortar o cabelo dele como o de Spock.

O oficial médico sorriu impiedosamente.

– Claro que sim! Spock pode se beneficiar de um pequeno choque. Viu a cara dele quando Zar entrou? Sem emoções, uma ova!

– Abalou até a mim! Já imaginou qual será a reação quando ele estiver a bordo da *Enterprise?*

– Não vão suspeitar por conta da pouca diferença de idade, mas... – McCoy parou, percebendo que o concerto estava para começar.

Os arqueólogos saíram-se muito bem, especialmente Vargas, ao violino. Zar ficou arrebatado pela música, segundo observou McCoy. Quando terminou a sessão, o jovem ficou observando o violino com atenção, maravilhado, se bem que não se atreveu a tocar nele.

– Como funciona?

Vargas sorriu e acariciou a madeira lustrosa.

– Levaria muito tempo para explicar. Mais tempo do que você tem para ficar aqui. O sr. Spock me disse que vocês vão partir na nave de suprimentos amanhã de manhã. Mas, se ler sobre violinos, vai gostar de saber que teve a chance de ver este de perto. É um genuíno Stradivarius, um de uma centena que ainda existe fora dos museus. Precisei de uma licença especial para tê-lo e levei anos economizando dinheiro para comprá-lo.

Spock, que estava sentado perto, aproximou-se e examinou o instrumento.

– Um exemplar muito bem conservado, dra. Vargas. A afinação é excelente.

– O senhor toca, sr. Spock? – perguntou ela.

– Já toquei, em outros tempos... há anos.

– A propósito, obrigada por consertar o aparelho de comunicações.

– Não foi nada. Mas vai precisar de uma revisão completa. – O vulcano dirigiu-se a Zar: – Gostaria de conversar com você por um momento.

Quando chegaram à biblioteca e em particular, Spock apontou uma poltrona para o jovem.

– Não será fácil explicar sua presença quando chegarmos à *Enterprise* – começou sem nenhum preâmbulo. – Por conta de seu... aspecto, as pessoas vão considerá-lo um vulcano e esperarão que se comporte como tal. Acredito que o melhor a fazer é estudar a história e os costumes vulcanos para que saiba o que se espera de você. Começarei a ensinar-lhe nossa língua, assim que achar que pode começar a estudar.

Parou e pegou diversas microfitas.

– Isto lhe dará alguma informação básica.

Zar não conseguia pensar em nada para dizer, de modo que ficou em silêncio.

Spock ergueu a sobrancelha.

– Você sabe ler, não sabe?

– Sim – Zar respondeu secamente, quase ofendido. – Minha mãe era professora, entre outras coisas, antes de ser exilada. Não sabia disso?

O rosto magro e sombrio do vulcano estava distante.

– Não.

– Mas ela sabia muita coisa a seu respeito...

Spock pôs-se de pé.

– Não vejo lógica em relembrar o passado. Quando acabar com essas fitas, farei um plano para a sua educação. Boa noite.

Depois de o vulcano sair, Zar permaneceu sentado, incerto sobre o que fazer a seguir. Fora um longo dia. Será que fora só de manhã que havia acordado na pedra acima do acampamento dos estrangeiros? Olhou para a mesa da cozinha e pensou em deitar-se debaixo dela. Provavelmente ninguém o notaria, mas talvez não fosse educado. Seus olhos estavam quase se fechando quando McCoy encontrou-o.

– Ah, aí está você. Vim mostrar-lhe onde poderá dormir esta noite.

Seguiu o médico à sala de recreação, onde haviam colocado um saco de dormir.

– Você terá que dormir no chão conosco. Os arqueólogos quase nunca recebem visitas, e não há muitas camas sobrando. Esses sacos de dormir não são ruins. Eles têm acolchoado de espuma e controle de aquecimento. – McCoy demonstrou como fazer. – Acho que não vai se sentir desconfortável.

Zar estava admirado.

– Dr. McCoy, na noite passada dormi sobre uma pedra gelada, que não era muito mais larga que eu, só com o meu casaco de pele para me cobrir. Vou ficar muito bem aqui.

– Entendo o seu ponto de vista. Boa noite, então. – McCoy ia sair e, por impulso, virou-se. – Zar...

– Sim?

– Não deixe que a... atitude de Spock o incomode. As coisas simplesmente são assim, com os vulcanos.

O rapaz sacudiu a cabeça, contrafeito, e suspirou.

– Não poderia esperar outra coisa. Minha mãe disse que ele era frio e silencioso quando o encontrou pela primeira vez e que depois foi amoroso e gentil. Ele ainda não me conhece. Preciso me mostrar digno dele, como ela fez.

McCoy ficou surpreso, mas logo se recuperou. Com um sorriso amigo, disse boa noite novamente. De certa forma, não se sentia disposto a dormir, de modo que foi para fora.

Com o vento frio a arrepiar-lhe os cabelos, a luz das estrelas fazendo bem a seus olhos, andou lentamente, meditando. Seu primeiro impulso foi explicar toda a história sobre o Atavachron e seu efeito sobre o metabolismo e reações dos vulcanos. Mas,

ao mesmo tempo, não conseguia pensar em desiludir o rapaz...
e Spock não gostaria nada dessa interferência. Mas ainda
assim... Balançava a cabeça, lembrando-se da expressão do vulcano, olhando para Zarabeth, pouco antes de deixarem-na para
trás, naquele inferno de gelo. Claro que ela falaria para o filho
sobre um Spock diferente daquele que encontrara hoje. *Amoroso
e gentil... Ora, vejam...* McCoy encostou-se contra o prédio, refle-
tindo sombriamente que o salvamento de Zar significaria mais
problemas para o rapaz que os que poderia ter resolvido.

# OITO

A viagem de volta a bordo da nave de suprimentos não teve nada de especial e foi rotineiramente tediosa para todos, exceto para Zar, que passou horas olhando as estrelas pela janela. Quando não estava estudando as fitas que Spock lhe dera, estava lá embaixo, na cabine de controle. A primeira oficial da nave, uma mulher tellarita chamada Gythyy, simpatizou com ele e começou a lhe ensinar os rudimentos da pilotagem. Mesmo que ele não soubesse a matemática avançada necessária para os cálculos de navegação, aprendeu depressa os princípios práticos das manobras.

Quando o pessoal da *Enterprise* desembarcou, Gythyy abraçou seu aluno rudemente, segundo o costume de seu povo, e disse aos três oficiais:

— Este rapaz é muito esperto! Se a Federação não o quiser, mandem-no para mim. Poderia fazer dele o melhor piloto do quadrante!

Enquanto desciam a rampa de carga, Zar dirigiu-se a Spock, ansioso:

— Ouviu só? Ela disse...

— Os tellaritas são famosos por seus exageros — o vulcano disse, sem dar maior importância.

Visivelmente desanimado, a voz de Zar baixou de tom.

— Acabei de ler as fitas, senhor.

Spock assentiu.

– Estou esboçando um plano de estudos que lhe permitirá atingir o nível esperado de um universitário formado em estudos gerais. Não vou recomendar-lhe especialização nenhuma até que termine o plano.

O doutor McCoy estava ocupado, explicando o pandemônio ordenado da Base Estelar 11, quando Kirk e Spock voltaram dos escritórios da administração.

Sacudindo no ar uma prancheta cheia de listagens de computador, Kirk anunciou:

– Nossa licença e atestados de saúde. Novas ordens também. Serviço de táxi, levando uma linhagem experimental de abelhas melíferas para Sirena, por meio deste setor. Já criou abelhas, Magro?

McCoy balançou a cabeça.

– Não, não posso dizer que tive contato com essas diabinhas, depois que, acidentalmente, sentei numa no piquenique da escola dominical, quando tinha 12 anos. Levei a pior!

Os dois riram, e Zar, sem entender, perguntou:

– O que é uma abelha?

Ficaram ocupados com a explicação sobre a vida e hábitos da *Hymenoptera Apis mellifera* (dada por Spock) até que foram levados, via teleporte, a bordo da *Enterprise.*

O capitão respirou fundo, sentindo-se bem, olhando ao redor dentro de sua nave, que estava em silêncio e relativamente deserta ainda. Caminhou até os controles do transportador e puxou uns dois botões, aprovando com a cabeça quando ouviu um zumbido de funcionamento eficiente. Deu uma olhada nos relatórios da manutenção e abriu um canal.

– Computador – anunciou uma voz feminina em tom mecânico, vinda das paredes à volta deles. Zar deu um pulo.

– Faça uma verificação completa de todos os sistemas, especialmente dos que foram revisados. Quero um relatório verbal sobre a condição geral da nave e depois uma listagem que deverá ser entregue assim que eu pedir.

– Operando – comentou a voz. Depois de um segundo: – Todos os sistemas respondem com o nível de eficiência de 95 ou mais. Quer uma análise individual de cada sistema?

– Não agora. Vou digitar o pedido daqui a alguns minutos. Forneça cópias para os chefes de departamento, para o sr. Spock e para o engenheiro-chefe, Scott. Também mande duplicatas para as autoridades da manutenção. Kirk desligando. – Voltou-se para Spock, de pé, ao seu lado. – Pensei em designar um catre para Zar no alojamento dos homens solteiros da equipe de segurança.

O vulcano concordou:

– Isso seria satisfatório.

McCoy juntou-se a eles, dirigindo a atenção dos outros para Zar, que se aproximara da porta da sala do transportador e estava experimentando o quanto tinha de se aproximar para fazê-la se abrir. Sorrindo, o médico balançava a cabeça.

– Há mais curiosidade nesse aí que num gato... Vou fazer alguns testes com ele hoje: pressão sanguínea, pulsação, esse tipo de coisa. Ele precisa de suplemento nutricional, por isso tenho que conhecer seu metabolismo basal e tomar outras medidas. Também poderei testar sua inteligência, a menos que você queira fazer isso, Spock.

O imediato ficou pensativo.

– Vou precisar de testes em áreas mais específicas. Entretanto, acho que testes básicos psicológicos e de inteligência também precisam ser feitos. Não têm validade científica, mas são os melhores indicadores que temos.

McCoy ficou exasperado.

– Mas isso quer dizer sim ou não?

– Sim.

– Obrigado. Vou precisar da sua ajuda para um teste que tenho em mente.

A sobrancelha de Spock subiu quase até a linha do cabelo.

– *Minha* ajuda? Será que isso é um reconhecimento de incompetência, doutor?

– Que nada, seu... – McCoy ia cuspindo, mas controlou-se, não sem algum esforço. – Quero testar o índice *psi* dele. Acho que é telepático... e alguma outra coisa que nunca encontrei antes. Vou precisar de dados de um telepata treinado antes de fazer qualquer suposição.

O vulcano considerou a questão:

– Agora que menciona o assunto, lembro-me de que estive sujeito a algum tipo de ataque mental pouco antes da aparição dele...

– Ele me disse que foi o responsável. Chamou de "sentir o medo". Avisarei quando precisar de sua ajuda.

O capitão fez sinal para Zar, que veio ter com eles.

– Destinei-lhe um alojamento junto com alguns homens da força de segurança. Spock vai levá-lo até lá. Depois arranje algo para comer. Não, espere um pouco... Magro pode querer que você esteja de barriga vazia.

O médico assentiu, e Kirk continuou:

– Ele vai fazer um exame físico em você. Um mal necessário... mas não deixe que isso estrague aquele famoso apetite. Se quiser fazer algum exercício esta noite, estarei no ginásio às dezoito.

– Obrigado, capitão.

Os testes psicológicos e de inteligência vieram primeiro e depois um exame físico completo. Quando McCoy terminou, Zar já estava com uma imensa fome, e o médico estava cansado de explicar as razões por trás de cada teste. Por fim, só faltava o exame *psi*, e o oficial médico pediu a Spock que viesse à enfermaria.

Falou com seu paciente, que estava deitado sobre a mesa de diagnóstico com expressão de sofrimento por ter que ficar imóvel:

– Prepare-se, Zar. Só mais um teste.

– Posso comer alguma coisa agora? – O tom de voz era de alguém que iria desmaiar de fome.

– Ainda não. Spock está a caminho. Quero que tente aquele seu truque de projeção mental. Aquele que fazia com os animais e fez conosco, para se proteger.

– Talvez eu não tenha força. – Veio a triste resposta.

– Alô, doutor! – A voz feminina surgiu da porta da sala de exame médico, e McCoy virou-se, deparando com Christine Chapel, sua enfermeira chefe, que tinha todo o conhecimento de um médico.

– Que bom vê-la, Chris – McCoy sorriu. – Parece descansada.

– Tive férias espetaculares, aposto que ganhei uns 5 quilos. Vou ter que…

Chapel percebeu o homem deitado sobre a mesa, e seus olhos azuis se arregalaram com o choque, ao perceber a fisionomia estranhamente familiar. O médico balançou a mão para o paciente, que olhava Chapel com indisfarçável agrado.

– Enfermeira Chapel, este é Zar. Zar, esta é a enfermeira Chapel.

Chapel recuperou a compostura e sorriu para o jovem, que se sentou e cumprimentou-a com todo o cuidado, da maneira como havia lido nas fitas.

– Vida longa e próspera, enfermeira Chapel.

Os dedos dela moveram-se para responder ao cumprimento, e disse com simpatia:

– Vida longa e próspera, Zar.

McCoy percebeu o olhar interrogador de Chapel, quando ela ergueu uma sobrancelha, mas não pôde explicar mais nada francamente, porque nem ele sabia como responder àquela pergunta tácita. Em vez disso, falou:

– Já que está aqui, enfermeira, bem que poderia me ajudar. Estou examinando Zar. Logo vou lhe dizer o que fazer. Por favor, sente-se ali.

Os olhos cinzentos seguiram cada movimento da mulher. O médico baixou a voz.

– Zar, você está com fome, não é?

– O senhor já sabe disso.

– Muito bem. Quero que você projete o que está sentindo sobre a enfermeira Chapel. – O jovem olhou para a mulher de novo, enquanto o oficial médico, por impulso, ligou o campo diagnosticador outra vez. Notou dilatação das pupilas, salto na respiração e aumento da pressão sanguínea e advertiu severamente o seu paciente:

– Não esse tipo de fome, filho. Quero dizer a fome do seu estômago.

Zar pareceu confuso, depois seus olhos se estreitaram em concentração. Passaram-se uns poucos segundos, e Chapel olhou para cima.

– Doutor, não sei como explicar, mas de repente… estou com tanta fome… muita mesmo… e acabo de comer! – Olhou para o outro lado da sala e percebeu o que acontecia. – Ele está fazendo isso? – Os olhos dela logo se encheram com fascinação clínica.

– Projeção mental de emoções fortes? Isso certamente não é um talento vulcano.

Todos voltaram-se ao ouvir a porta de fora da enfermaria, e Spock entrou. O olhar de Chapel foi devagar de um dos alienígenas para o outro, mas sua expressão continuou deliberadamente indiferente.

O vulcano parou, depois perguntou:

– Já conheceu Zar, enfermeira Chapel?

– Sim, sr. Spock. – O tom era natural.

O imediato evidentemente decidiu que, pelo menos, uma explicação parcial era preferível a uma especulação maluca e fez um gesto rígido em direção ao jovem.

– Ele é um... membro de minha família e ficará a bordo da *Enterprise* por tempo ainda indeterminado.

Chapel concordou, depois dirigiu-se a McCoy:

– Ainda vai precisar de mim, doutor? Tenho uma experiência em curso no outro laboratório que precisa de atenção.

Após uma breve anuência e um agradecimento do cirurgião chefe, ela sorriu de novo para Zar, que mal conseguiu se lembrar de devolver o cumprimento, e saiu.

Zar seguiu-a com o olhar.

– Ela é bonita... agradável.

Pelos próximos 30 minutos, Spock e McCoy testaram as projeções emocionais de Zar. Descobriram que ele podia fazer os dois sentirem fome, e, quando McCoy apertou um nervo no braço dele, os dois sentiram dor. Com o médico fornecendo correntes de emoções, descobriram que Zar podia captá-las e identificá-las, mesmo se o oficial médico saísse da enfermaria. A habilidade do jovem podia alcançar considerável distância física – mesmo que reclamasse que o "ruído de fundo" da tripulação interferia.

– Depois que passei a encontrar gente, os sentimentos ficaram mais fáceis de captar – ele comentou. – Agora, preciso bloqueá-los. Tornam a concentração difícil. É o mesmo com pensamentos, só que não tão forte.

A expressão de Spock abrandou um pouco quando disse, compreensivo:

– Em Vulcano, boa parte de nosso treinamento inicial é para reforçar nossas barreiras pessoais, nossos escudos mentais, para prevenir a intrusão constante dos outros. Você parece ter desenvolvido um escudo natural, e a prática nas disciplinas mentais do *vedra-prah* vai ajudar. Acredito que, com o treinamento, você vai desenvolver as capacidades de união e fusão mental. Minha formação no ensino das técnicas telepáticas é incompleta, mas farei o que puder.

Assim que os testes foram completados, McCoy disse a Zar que ele poderia comer, acrescentando à refeição uma bebida de elevado teor calórico. Deixando-o com sua comida, os oficiais examinaram os resultados no escritório do médico.

– Como eu disse antes, ele está em notável boa forma, considerando a vida que levou. Incrível vitalidade... talvez viva mais que qualquer um de nós. Coloquei-o sobre aquela esteira rolante por 20 minutos, e nem estava suando, muito menos respirando fundo. Já sabemos que ele é forte, mas se é pela gravidade maior, meio ambiente ou ancestrais vulcanos, não dá para saber. Ainda bem que tem boa índole. – McCoy passou os olhos pelo restante da listagem dos testes e esfregou o queixo, com dúvidas. – Os genes vulcanos devem ser mais que dominantes. A constituição interna não é muito diferente da sua. Espero que nunca tenha que fazer uma cirurgia nele. Audição: excepcional. Tem a pálpebra interna dos vulcanos,

mas sua visão está fora do alcance humano. Tipo sanguíneo...
– O médico fez uma careta. – Espero que nunca precise de uma
transfusão. Mistura incrível: até mesmo a cor, uma espécie de
cinza esverdeado. Ele não pode doar sangue para você nem
plaquetas, mas o plasma dos dois é compatível. Lindos dentes.
Mostra o que se pode conseguir com uma dieta praticamente
isenta de açúcares.

Spock inclinou-se.

– E os outros testes?

– Psicologicamente é bem ajustado, considerando que viveu
sozinho por sete anos. Ingênuo e socialmente imaturo, sem
habilidade para se comunicar. O que mais se poderia esperar?
Mas ele é bem realista. Aliás, o índice de estabilidade dele é
mais alto que o seu.

O único comentário foi uma sobrancelha erguida.

– Quanto à inteligência, ele passou pelo perfil básico
Reismann, que fazem com as crianças quando entram na
escola... Aqui estão os resultados.

O vulcano estudou a listagem por alguns minutos, depois
devolveu-a ao médico, com uma breve inclinação de cabeça.

– É só isso o que tem a dizer? – McCoy atacou, perdendo o
bom humor. – Você sabe muito bem que a inteligência dele é
notável. Não se poderia esperar mais!

O médico inclinou-se sobre a escrivaninha, depois de dar
uma espiada pela porta aberta, baixando a voz com raiva.

– Tenho observado tudo o que acontece e não estou gostando nada. Sei que não é da minha conta, mas se você destruir
o moral desse menino com sua rigidez lógica de vulcano...

Spock levantou-se e ergueu a mão para interromper o desa-
bafo do médico.

— Obrigado por ter feito os exames, dr. McCoy — disse remota e formalmente.

McCoy ouviu o vulcano sair e permaneceu sentado, punhos fechados, sem saber o que fazer com os resultados dos exames à sua frente.

Do lado de fora, Spock dizia a Zar:

— Vou mostrar seu alojamento. Venha comigo.

E a voz do jovem respondeu, ansiosa:

— Meus exames... está tudo bem?

— Eles indicaram que, se você se esforçar, atingirá níveis satisfatórios em um tempo razoável. Vou lhe mostrar onde é a biblioteca, assim poderá começar hoje. Já defini o currículo para você.

— Sim, senhor.

Durante sua vida solitária em Sarpeidon, quando as tempestades forçavam-no à inatividade durante semanas, Zar tinha formulado seu próprio conceito de paraíso. Haveria muita comida — comer o quanto quisesse, a qualquer hora! —, seria quente e seguro, haveria muitos livros para ler, e, acima de tudo, gente com quem conversar. Depois de sete semanas de "paraíso", ele já estava reformulando sua definição.

A maior parte do tempo, Zar estava ocupado demais para considerar se sentia-se feliz ou não. Os dias passavam zunindo: lições, exercícios no ginásio com Kirk, instrução sobre controle telepático e habilidades com Spock e, no tempo livre, conhecer a *Enterprise*. Zar se apaixonara pela astronave, e Kirk, entendendo bem aquela emoção, deixou-o à vontade. Logo tornou-se uma figura familiar para a tripulação de cada setor, que correspondia ao seu interesse, adotando-o informalmente.

– Espero que depois de transferirmos essas abelhas acabem os serviços de "entrega do leite", por algum tempo – comentou o tenente Sulu com Zar depois de uma semana de viagem.

– Você quer dizer "entrega do mel", não é, Sulu? – sugeriu Uhura, desviando a atenção de seu painel de comunicações. Sulu resmungou.

O piloto estivera ensinando a seu jovem amigo as táticas básicas de combate, usando registros passados da *Enterprise*. Chamou outra sequência na tela de navegação.

– Depois que disparamos nossos phasers principais, a nave inimiga mais afastada acabou com nossos escudos defletores de boreste. Isso deixou o capitão numa situação difícil, porque a *Hood* estava a boreste de nós, e sua capacidade de manobra limitada a impulso auxiliar. Não podia nos defender de boreste e, se recebesse um tiro direto, a nave ficaria inutilizada.

Os olhos cinzentos estudaram a tela, e Zar quis saber:

– E o que o capitão fez?

– Jogou um raio trator sobre a *Hood*, para boreste. Isso espalhou as suas telas defletoras que ainda estavam ligadas, assim ficamos com capacidade de deflexão, embora limitada. Depois, pegamos as duas últimas naves inimigas, quando se aproximaram para o ataque. Eles pensaram que a *Enterprise* tentaria fugir rebocando a *Hood*. Em vez disso, quando estavam dentro de nosso alcance, pegamos a que estava a bombordo com nossos torpedos fotônicos, e a *Hood* atingiu a outra com seus phasers. Isso deixava duas naves contra uma inimiga que fugiu. E conseguiu se safar porque a *Hood* estava sem uma vedação e perdia pressão em dois conveses. Tivemos que transportar quase toda a sua tripulação para cá, enquanto os técnicos a reparavam. Ficamos apinhados por uma semana.

O intercomunicador da ponte disse:

– Tenente Sulu – era a voz de Spock.

– Sulu falando, senhor.

– Zar está na ponte?

– Sim, senhor.

– Instrua-o para me encontrar na biblioteca. Quero sua presença aqui imediatamente. Spock desligando.

O piloto virou-se para passar a mensagem, mas as portas da ponte já estavam se fechando.

Sulu balançou a cabeça e olhou para Uhura.

– Não o invejo. Ter nosso imediato como professor, mesmo que seja em uma matéria, é o bastante para enlouquecer. Sei disso porque segui um curso de física quântica dado por ele. Imagine só, ele supervisionando pessoalmente toda a educação do rapaz...

Uhura ficou pensativa.

– Está sendo duro com ele, mas talvez seja assim que os vulcanos desenvolvam aquela natureza estoica.

– Não de acordo com o que li. A maioria das famílias vulcanas é extremamente disciplinada, mas também muito unida. Spock é mais impessoal com Zar que com qualquer outro.

– Notei algo que pode explicar isso. – Uhura inclinou-se, baixando um pouco a voz. – Já reparou nos olhos de Zar?

– Não... Os olhos de outros homens não me atraem muito – Sulu sorria.

– São cinzentos. Nunca ouvi falar de um vulcano com olhos cinzentos. Certa vez, perguntei-lhe qual era seu grau de parentesco com Spock.

– O que ele disse?

– Ficou com aquele olhar distante e disse que os graus de parentesco das famílias vulcanas são extremamente complexos e não sabia traduzir o termo exato.

– Provavelmente é isso mesmo. – Sulu considerou. – Devem ser parentes bem próximos, para ser tão parecidos. Se não soubesse que Spock não tem irmãos...

– Há algo estranho nisso, olhos claros e tudo. Aposto que Zar é parte humano, e Spock é mais duro com ele por causa disso.

– Se você estiver certa, então essa é uma atitude ilógica por parte de nosso primeiro oficial, considerando que...

O piloto interrompeu-se abruptamente e virou-se para seu console quando as portas da ponte se abriram, e o capitão entrou.

– Relatório, sr. Sulu.

– Todos os sistemas normais, senhor. Continuando no curso, dobra espacial fator quatro.

Zar sabia de toda a especulação que cercava sua relação com o vulcano, é claro. Era impossível para ele não saber. Sua capacidade telepática congênita, intensificada pelas antigas técnicas de fusão mental, cresceu até o ponto em que podia se comunicar livremente com o primeiro oficial. Livremente no sentido de que podia se apoiar nas regiões lógicas e de memória daquela mente brilhante. Seu conhecimento da língua vulcana crescia geometricamente a cada lição. Podia captar o primeiro nível, refrescante em sua nítida precisão, clareza meridiana, bela e desimpedida como matemática pura. O primeiro nível, quase desprovido de personalidade, de tudo o que o rapaz desejava com uma força que passava despercebida. O primeiro nível – e guardando-o, como uma muralha, o escudo mental.

De certa forma, aquela muralha intangível tomara-se sua inimiga. Flutuava por detrás de cada contato, lembrando o rapaz que ele não sabia quase nada sobre o distante estranho, que era tão diferente dos seus sonhos quando conhecido pessoalmente. O escudo mental ficava entre eles, barrando qualquer proximidade, qualquer diálogo, e seu ódio por ele, que sabia ser irracional, crescia a cada sessão.

Spock sentia a tensão cada vez maior na mente do outro, mas ignorava-a, quase envergonhado. Estavam em fusão, dedos nas têmporas, blocos sólidos de conhecimento e impressões fluindo de uma mente para outra, quando sentiu a comunicação de Zar desvanecer e percebeu que o jovem tinha eliminado o seu escudo. Depressa, Spock fechou-se, reforçando sua barreira, recusando a oferta implícita de se fundirem, rejeitando qualquer contato mais profundo. Antes que pudesse se afastar, sentiu uma onda sólida de emoção confusa batendo contra seu escudo. A comunicação de Zar, uma metralha incoerente e não verbal, crua e poderosa, abalou o vulcano, feriu-o num nível tanto emocional como mental. Por um momento, foram um só, e havia dor, apenas dor.

Spock balançou a cabeça violentamente, lutando contra a pressão dos dedos de Zar, mesmo depois de se afrouxarem. Cambaleou um passo para trás e ficou procurando se equilibrar para encará-lo. Sua respiração ofegante era o único som na sala.

O rosto do jovem estava abatido.

– Lamento. Eu não sabia... Estava tentando... – Fez um gesto, sem saber o que dizer.

O vulcano sentia a memória da dor arranhando sua garganta enquanto falava.

– Em Vulcano, o que você acaba de tentar é considerado um crime horrível. Forçar uma fusão é uma imperdoável invasão da mente.

Zar assentiu, impassível, mas Spock sentia seu remorso, ouvia-o, em sua voz.

– Agora sei como é. Agi por impulso... Eu estava errado. Desculpe.

A dor estava passando, deixando para trás apenas uma sombra física: uma dor de cabeça. Spock sentia pressão atrás dos olhos, latejando, e sua voz saiu mais áspera do que pretendia:

– Procure não se esquecer disso. Se acontecer de novo, não poderei continuar o seu treinamento.

Os olhos cinzentos estreitaram-se.

– Suponho que o senhor possa chamar isso de treinamento, como se eu fosse um animal. Mas acho que se parece mais com a programação, que se faz com os computadores. – Sua expressão mudou e ele começou a estender a mão. – Nem posso tocá-lo! Por quê?

A raiva transbordou, nascida da dor, e o vulcano se lembrou de todas as vezes que essa pergunta lhe foi feita, em outras palavras, mas com a mesma intenção. *Por quê?* Ele perguntara a todos: Leila[8], Amanda, McCoy e agora esse seu reflexo de olhos cinzentos... *Por que me pedem o que não posso dar? Sou o que sou...*

---

8   Leila Kalomi, botânica com quem Spock teve um relacionamento amoroso após ser infectado pelos esporos da colônia Omicron Ceti III que libertaram seu lado humano e emocional. ("Deste lado do paraíso", temporada 1.) [N. de T.]

Mesmo assim, algo dentro dele queria responder a essa pergunta angustiada, mas a reserva incrustada de muitos anos o conteve. Rapidamente, antes que essa coisa forçasse uma resposta, deu meia-volta e saiu.

Naquela noite, depois de uma curta sessão sobre técnicas de autodefesa com Kirk, Zar perguntou timidamente ao capitão se poderia conversar em particular.

Ficou imediatamente à vontade nos aposentos de Kirk, mesmo sendo sua primeira visita. De certa forma, nunca estivera à vontade na cabine de Spock. Isso era um reflexo de como se sentia em relação àqueles dois homens, concluiu Zar, examinando os quadros com admiração.

Kirk apontou uma cadeira.

– Sente-se. Quer tomar um *brandy* sauriano?

Zar olhou para a garrafa que o capitão havia apanhado cuidadosamente.

– Isso é etanol?

– Sim, com toda a certeza.

– Então não, obrigado. Meus companheiros de quarto deram-me um pouco outro dia. Vomitei.

O capitão fez uma expressão de surpresa, divertindo-se, e pôs a garrafa de lado.

– Sim, pode ter mesmo esse efeito. – Ficou sério. – Por que queria conversar comigo?

Zar não respondeu. Seu rosto estava impenetrável, e só a tensão dos músculos do maxilar indicava seu estado de espírito. Kirk tinha uma estranha sensação de *déjà vu*. O capitão recostou-se e esperou com muita paciência. Por fim, o rapaz ergueu a cabeça.

– O senhor e o sr. Spock têm servido juntos já há muitos anos.

– Sim, é verdade.

– O senhor o conhece melhor que ninguém. Ele confia no senhor, e o senhor confia nele. Se sentir que o está traindo, ao conversar comigo, por favor, me diga.

– Muito bem. Continue.

Com um gesto abrupto, Zar empertigou-se, um punho fechado na palma da outra mão. A voz era firme, impositiva:

– Por que meu pai não gosta de mim?

Kirk suspirou, percebendo que já deveria esperar por algo assim. Zar continuou numa enxurrada.

– Tenho estudado. McCoy diz que aprendo mais depressa que qualquer um que ele tenha conhecido. Fiz tudo o que pude para aprender a ser um vulcano. Respeitei as restrições de dieta. Nada de carne. Minha mãe me contou como ele era bom e amoroso. Como era gentil. Quando era pequeno, imaginava que ele viria das estrelas. Pensava que viria e me levaria, algum dia. Ela costumava dizer que se meu pai me visse, sentiria orgulho de mim...

O capitão suspirou mais uma vez, acomodou-se melhor, olhando-o de frente.

– Vou lhe dizer a verdade, porque acho que é seu direito saber. – Foi falando bem devagar. – Quando ele voltou no tempo, pelo Atavachron, aconteceu algo estranho. Ele mudou. Se a mudança foi causada pelo aparelho, não sei dizer. Como não aconteceu quando voltamos usando o Guardião, suponho que foi isso. Enquanto ele esteve com... a sua mãe, Spock ficou como eram os vulcanos daquela época: 5 mil anos atrás. Ele...

retroagiu... Tornou-se um ser emocional, com sentimentos fortes. Fez coisas que nunca havia feito antes, até mesmo comer carne.

– Enquanto estava assim, ele... tomou minha mãe. – Era uma afirmação. Zar respirou profundamente e balançou a cabeça. – Então, não era amor o que sentia por ela, só... – Engoliu em seco, depois engoliu em seco de novo, e a voz ficou embargada. – Pobre Zarabeth. Por toda a sua vida, recordou-se de um sonho, algo que nunca foi real. Nunca percebeu que foi... usada.

Kirk pousou a mão no ombro do rapaz.

– Não sabemos qual é a verdade. A única pessoa que sabe é Spock, e duvido que ele queira discutir o assunto. Talvez sua mãe tenha descoberto algo nele que os dois conseguiram tornar real. Mas isso não deve preocupá-lo. Eu lhe disse o que sei para que você entenda que Zarabeth lhe contou a verdade. A verdade dela. E o que era verdade para ela não é necessariamente verdade para você.

Os olhos cinzentos só tinham amargura.

– Realmente ele estava dizendo a verdade, que foi atrás de mim por causa do senso de dever. Ele não me quer. Nunca me quis. Fui um idiota em não perceber.

– Ele arriscou a vida, e mais: deixou que McCoy e eu arriscássemos a nossa para encontrar você.

– Mas não porque quisesse mesmo ir. Tanta coisa que eu não entendia antes ficou clara agora. Sou um embaraço para ele, um... bárbaro que, por acidente, se parece com ele. Sempre que me vê, é lembrado de um incidente que preferiria esquecer. Não é de surpreender que não queira falar comigo sobre sua família. Os costumes de Vulcano são antigos e rigorosos. Filhos como eu são chamados de *"krenath"*, quer dizer "filhos da vergonha". Os humanos também têm uma palavra para isso: "bastardo".

Enquanto Kirk ainda procurava o que dizer, Zar o cumprimentou com gravidade e saiu.

# NOVE

O dr. McCoy parou do lado de fora dos aposentos que Zar dividia com mais dois homens e tocou no painel da porta. Ela se abriu, e ele entrou, deparando com Juan Córdova e David Steinberg, os colegas de quarto de Zar, que jogavam pôquer na sala de estar compartilhada pelos três. Córdova olhou para ele.

– Oi, doutor. Apontou com a cabeça para o quarto de dormir. – Ele está lá dentro.

– Obrigado, Juan – o médico hesitou. – Você o tem visto ultimamente?

Steinberg meneou a cabeça.

– Não nestes últimos dois dias. Ele tem estado muito retraído.

Córdova estava preocupado.

– Até tomei a iniciativa de perguntar se queria vir jogar conosco, mas ele não quis. É a primeira vez que isso acontece.

Apesar de sua preocupação, McCoy quase sorriu.

– Ele joga bem pôquer, não é? Ensinei-lhe tudo, até que começou a me sair caro demais.

Steinberg ficou repugnado.

– Quer dizer que você é o responsável? Nunca mais jogo pôquer com um vulcano!

– Isso mesmo – Córdova concordou. – Vou levá-lo comigo na próxima licença. Vamos quebrar todas as bancas, do Centro até o Império Klingon!

O oficial médico riu e então ficou sério. Apontou para a porta fechada.

– Sabem o que houve ou vocês fizeram algo que poderia...

Steinberg estava balançando a cabeça.

– Se está querendo saber se o estragamos nos últimos dias, a resposta é não. Quando fui lá perguntar se estava bem, só olhou para mim e disse: "Claro, pareço diferente?".

– E disse isso... sabe, à maneira dos vulcanos.

McCoy olhou para aquela porta, entristecido.

– Sim, eu sei como é.

– Quem está aí? – era a voz de Zar, mas a porta continuava fechada.

– McCoy.

A porta deslizou.

– Desculpe doutor, mas não sabia. Por favor, entre... – O jovem estava sentado à frente de um cavalete, pincel e paleta nas mãos.

– Não tenho visto você nos últimos dias, Zar. Tudo em cima?

Zar retocou cuidadosamente a tela, sem encarar o médico.

– Em cima? A *Enterprise* mantém uma gravidade constante de 1 G da Terra. Por que algo estaria...

– Não! Mais um para eu aguentar! – McCoy interrompeu, gemendo. Vendo que o artista não tirava os olhos da tela, emendou: – Quero dizer, está tudo bem com você ultimamente?

Ele fez um ligeiro movimento com o ombro, e o oficial médico pressupôs que fosse um gesto de indiferença. Desconcertado, McCoy deu a volta para olhar o quadro.

Mostrava um sol cor de sangue pondo-se sobre um rochedo irregular, de pedra e gelo. O fundo era indistinto, e o brilho do sol nos rochedos brilhantes de gelo era um cenário que McCoy lembrava muito bem. O ângulo agressivo do rochedo feria o círculo do sol, como um punhal.

– Frio como o inferno, a despeito do sol – comentou o médico.

– Lembro-me de como parecia estranho aquele brilho no gelo. Você realmente conseguiu capturá-lo.

O ar ausente desapareceu um pouco do rosto do artista com o elogio. Zar retocou cuidadosamente um canto de novo, virando-se de modo que McCoy não pudesse ver seu rosto, mas sua voz o traiu:

– É bonito. Muito cruel, mas bonito. Sinto falta... às vezes. – Endireitou-se, pousou o pincel. – Este é o favorito de Jan.

– Já pintou outros?

– Sim. Gosto de pintar quase tudo o que já vi. Já pintei outros três desde que vim a bordo e fiz alguns esboços.

– Gostaria de vê-los.

Zar puxou várias telas e um gordo caderno de desenho do armário embutido.

– Receio que não saíram exatamente como estavam na minha cabeça – desculpava-se. – Nada sai exatamente como penso.

McCoy apoiou a primeira pintura do outro lado do cavalete e examinou-a. Um retrato de Jan Sajii. As feições eram indiscutíveis, apesar do erro de perspectiva. O artista captara a inclinação característica da cabeça, o olhar bem-humorado. Podia ver a influência de Sajii no estilo.

– Foi o primeiro que fiz – explicou o rapaz.

O oficial médico assentiu.

– Esse é mesmo o velho Jan. Você realmente conseguiu retratá-lo.

A segunda pintura representava um grupo de objetos, entre eles a harpa vulcana de Spock inclinada contra uma cadeira, perto de um livro, aberto. Nas páginas do exemplar, equações matemáticas. Uma túnica de uniforme da Frota Estelar no espaldar da cadeira, uma manga pendurada. Os galões de comandante contrastavam contra o fundo azul. McCoy estudou o quadro atentamente, acenando com a cabeça, depois olhou para Zar, que não quis encará-lo. Pousou a pintura no chão cuidadosamente.

A última tela era um quadro abstrato, com rodopiantes tons de lilás, passando para lavanda, cor-de-rosa e azul. Um forte risco preto saltava do centro, escorrendo de um lado da pintura. Isso perturbou McCoy.

– O que significa essa?

Os olhos cinzentos evitaram os seus.

– Pintei na outra noite. Realmente, não quer dizer nada.

O médico irritou-se.

– Uma ova que não quer dizer nada! Aposto que um psicólogo iria se entreter muito com ela. Gostaria de ter mais treinamento nesse campo. – Abriu então o caderno de desenho, enquanto Zar levava os quadros de volta, e sorriu ao reconhecer a si mesmo, inclinado sobre um microscópio no laboratório. Os esboços eram diversos, desde gente a bordo da *Enterprise* até animais extintos de Sarpeidon e alguns desenhos bem convencionais, a nanquim, de frutas, e alguns que pareciam desenho técnico de circuitos eletrônicos. O médico prestou mais atenção num retrato de Uhura inclinada sobre seu painel de comunicações, o rosto inclinado caracteristicamente, enquanto ouvia as vozes que só ela podia ouvir. – Gostei muito deste aqui.

O jovem olhou sobre o ombro dele e, então, tirando o caderno da mão de McCoy, prontamente arrancou a página e deu-lhe. O médico sorriu, satisfeito, e apontou um canto.

– Obrigado. Pode assinar para mim? Acho que vai valer muito algum dia. Jan concorda comigo. Ele diz que você tem talento de verdade.

Zar balançou a cabeça, murmurando:

– O senhor é muito otimista, doutor. – Mas McCoy viu que ele gostou, pois assinou o esboço com um floreio.

Ainda sem saber o que pensar sobre a reticência e mau humor do rapaz, o oficial médico sentiu-se aliviado ao ver que todo aquele abatimento estava passando. Sugeriu que almoçassem e viu um brilho de alegria nos olhos cinzentos.

– Já me viu recusando comida algum dia?

O pequeno refeitório estava quase cheio quando entraram. McCoy digitou seu pedido, sanduíche, sopa, café e um grande pedaço de torta, e foi até uma mesa vazia. Seu companheiro logo o alcançou, levando uma bandeja cheia até a borda com salada, *wafers* de proteína de soja, legumes diversos e dois tipos de sobremesa. O médico balançou a cabeça, observando o jovem atacar a salada entusiasticamente.

– Ainda está tomando aquele complemento que receitei?

– Sim. É gostoso.

– Acho que já pode parar agora. Você ganhou algum peso desde que saiu de Sarpeidon.

– Eu sei. Outro dia, precisei pegar um macacão maior. O velho já estava muito apertado aqui nos ombros.

– Continue comendo assim e vai ficar apertado na cintura.

Zar parou a meio caminho de mais uma mordida e ficou um pouco assustado.

– Acha mesmo? Faço exercícios todos os dias com o capitão Kirk e sozinho também. O capitão diz que fica cansado só de me olhar.

Pousou seu garfo, balançando a cabeça.

– Eu não gostaria de ficar gordo.

McCoy sorriu.

– Não seja tão literal. Vá em frente, coma! Eu estava brincando, quer dizer, fazendo uma piada. Mas apareça na enfermaria de vez em quando, e deixe-me pesá-lo e satisfazer minha curiosidade.

A conversa voltou-se de novo para a pintura, e McCoy estava contando a seu ouvinte sobre as galerias de arte da Terra quando toda a animação abruptamente desapareceu dos olhos de Zar. O médico procurou a causa e notou o primeiro oficial e o engenheiro-chefe do outro lado do salão. *Agora sim, vamos descobrir qual é a bronca*, pensou, fazendo sinal para os outros dois.

Os dois oficiais vieram sentar-se, McCoy e Scott trocaram alguns comentários, enquanto Spock e Zar permaneciam mudos. O médico olhou de um rosto impassível para o outro. *Pior do que nunca. E Zar não está tentando mais nada.*

– Já terminou a lição de física? – O vulcano foi abrupto, sua inflexão era a de um professor para com um mau aluno. McCoy sentia o embaraço de Zar, apesar de seu rosto não se alterar.

– Quase tudo, senhor.

– Muito bem. O que são as raias de Fraunhofer?

Zar respirou fundo.

– As linhas escuras de absorção do espectro solar.

– Basicamente correto, mas faltam os detalhes. Qual é a função da espectroscopia?

– Foi por meio da espectroscopia que... – e Zar continuou, a voz precisa, parecendo uma fita didática. Acabou e tomou fôlego.

O catecismo continuou.

– O que é o Princípio da Incerteza de Heisenberg? Não precisa mencionar a parte matemática.

Como ele é bonzinho! pensava McCoy, olhando de soslaio para o vulcano. *Por que está fazendo isso?* Súbita intuição: *não consegue imaginar nenhuma outra maneira de conversar com o menino.*

–... a medida de seu momento é aproximadamente igual à constante de Planck, "h", que é igual a 6,26 vezes 10 elevado a menos 27 ergs por segundo – Zar terminou, aliviado.

Pare. Agora. Pensava McCoy. Mas o vulcano continuou, depois de uma pausa de um segundo apenas.

– Quais leis regem o efeito fotoelétrico? E explique o fenômeno, usando os conceitos da teoria quântica.

O jovem titubeou bastante. Sua resposta, desta vez, foi mais lenta, interrompida, enquanto arrancava as informações da memória.

Depois de dadas as três leis, McCoy virou-se para o vulcano, para mudar de assunto, mas Spock ignorou-o.

– A fórmula, por favor.

Os olhos cinzentos relancearam para o médico, mas logo caíram. A voz de Zar era mais lenta, como se a garganta estivesse apertada, e hesitava entre as palavras, obviamente fazendo um grande esforço. Por fim, errou.

O imediato ergueu sua sobrancelha.

– Você precisa revisar isso. Muito bem: o que é o ângulo crítico de incidência?

Pausa demorada. McCoy percebeu que ele mesmo estava agarrando com força o cabo de sua xícara enquanto ainda mexia o seu café já frio. O jovem concentrou-se, rosto rígido, ergueu o queixo e disse:

– Eu não sei.

– O ângulo crítico de incidência... – Spock começou e deu uma liçãozinha de 4 ou 5 minutos. O médico olhou para Scott, que escutava com um polido interesse para alguém que já ouvira toda aquela história antes.

Parecia que a aula iria terminar. Spock encerrou com um resumo rápido do tópico e parou. Zar olhou para os dois outros oficiais, fez uma pausa para descansar, depois, lentamente ergueu uma sobrancelha.

– Fascinante – entoou.

A imitação era perfeita, mas não bem intencionada. *Ele o está remedando,* pensou McCoy. *Isso é zombaria pura.* O vulcano não deixou de perceber e baixou os olhos apressadamente pegando seu garfo.

O médico limpou a garganta.

– O que acha que será nossa próxima missão, Scott?

– Seja o que for, espero que seja algo mais animado. Estou encontrando mais diversão em jornais técnicos que dentro desta nave.

A conversação continuou meio desanimada, até que Scott anunciou que precisava voltar ao trabalho e desapareceu.

Spock, que evidentemente estava achando a atmosfera desconfortável, fez outra tentativa:

– Terminei de corrigir sua lição de bioquímica, Zar. Suas respostas em geral foram precisas. Se tiver pronta a lição seguinte, eu poderia... – Sem dizer palavra, o moço levantou-se e deixou a mesa, dirigindo-se para os processadores de comida, do outro lado do refeitório.

Constrangido e preocupado, McCoy tentou alegrar o clima.

– Nunca vi ninguém com tanto apetite! Faria Átila e os hunos ficarem envergonhados!

Zar voltou à mesa com um grande sanduíche, transbordando de carne por todos os lados. Deliberadamente, agarrou-o e começou a comer, ignorando o mundo à volta.

Mais tarde, quando o médico estava na enfermaria, contando o ocorrido a Kirk, o capitão sorriu quando chegou a esse ponto. McCoy balançava a cabeça.

– Não foi nada engraçado, Jim! Zar comeu carne bem na frente dele. Foi o maior insulto que pôde fazer. Deveria ter visto a cara do Spock!

– Ele ficou mesmo chateado?

– Se ficou! Ficou com aquela cara de quando está ofendido mas não quer demonstrar e saiu. Zar ficou ali, até que Spock saísse, deixou a comida e também se retirou. Francamente, estou muito preocupado com os dois. O que poderia ter levado Zar a tal reviravolta?

Kirk sentiu-se incomodado.

– Acho que sei. Eu lhe contei a verdade, outro dia, sobre Spock e o Atavachron e sobre seu relacionamento com Zarabeth.

O médico deu um assobio.

– Isso explica tudo! Ele não gostou nem um pouquinho, hein?

– Sim. A coisa é séria. Mas também não posso deixar que algo assim afete a eficiência de Spock. É um oficial muito valioso. Lamento por Zar, mas... Que diabo! Lamento por Spock também. Tenho uma espaçonave para cuidar. Essa situação não pode continuar assim...

O apito do contramestre encheu o ar.

– Capitão Kirk, responda, por favor – veio a voz de contralto da tenente Uhura.

Ele apertou um botão no comunicador da enfermaria.

– Kirk falando.

– Capitão, tenho um chamado de emergência de Prioridade Um, do setor 90.4. Está em código, senhor. Confidencial.

– Estou a caminho. – Kirk estava fora antes que McCoy tivesse tempo para se levantar da cadeira.

 DEZ

As portas da ponte deslizaram, e, antes que Kirk entrasse, Uhura já colocara em suas mãos uma listagem em código. Sentando-se, acionou uma chave em sua poltrona de comando.

– Computador! Aqui é o capitão Kirk. Já tem minha identificação por espectro vocal?

– Identidade positiva.

– A tenente Uhura recebeu um chamado de emergência de Prioridade Um com uma mensagem. Leia, decodifique e traduza em uma listagem, depois apague-a de seus bancos de memória, assim que eu recebê-la.

– Processando...

Ficou sentado, tenso, resistindo ao impulso de tamborilar os dedos no braço da poltrona. A tripulação olhava de soslaio para ele, mas o capitão estava distraído, a mente trabalhando depressa. Prioridade Um do Setor 90.4 era péssimo sinal. Esse setor só tem uma coisa importante – o Guardião da Eternidade.

Uma listagem apareceu sob seus dedos. Eis o que dizia a tradução:

> PRIORIDADE UM Data estelar: 6381.7
> De: Nave Estelar Lexington NCC-1704 Comodoro Robert Wesley, comandante
> Para: Nave Estelar Enterprise NCC-1701 Capitão James T. Kirk, comandante
> Missão atual: patrulhamento do setor 90.4, codinome Gateway

Problema: captei sinais de três naves no alcance máximo da sonda subespacial, identifiquei intrusos provenientes do setor RN-30.2, Zona Neutra Romulana.

Identificação provável: naves de guerra romulanas.

Tempo estimado para contato: 10,5 horas.

Avaliação: provável confronto bélico. Pedindo apoio imediato.

MAYDAY – EMERGÊNCIA – MAYDAY –EMERGÊNCIA – MAYDAY...

Kirk respirou fundo três vezes, fechando os olhos e pondo os pensamentos em ordem. Endireitando-se, dirigiu-se ao alferes Chekov, que o observava na expectativa.

– Curso atual, sr. Chekov?

– Curso 2-9-0 marco 5, senhor.

– Mudar curso para 7-4-6 marco 6.

– Sim, senhor... – Chekov virou-se para seu painel e pouco depois: – Novo curso implantado, senhor.

– Piloto em frente, dobra fator oito.

Os olhos amendoados se arregalaram, e Sulu fez o ajuste. As vibrações da nave, quase imperceptíveis, de repente aumentaram. A *Enterprise* zumbia. Kirk começou a contar os segundos, de cabeça. Quando chegou aos onze, o intercomunicador piscou. Abrindo o canal, já foi dizendo:

– Sim, sr. Scott?

O comunicador ficou em silêncio um bom tempo, com o engenheiro-chefe, Scott, pensando se o seu capitão se tornara telepático. Por fim, falou com a voz abatida:

– Capitão, suponho que o senhor tenha uma boa razão para forçar os meus pobres motores assim?

– Uma razão muito boa, sr. Scott.

– Sim, senhor.

O engenheiro-chefe devia estar de olho nos seus mostradores, porque disse:

– E por quanto tempo vamos ficar nesta velocidade obscena, senhor?

– Cerca de doze horas, sr. Scott. Alternar com dobra nove quando os motores puderem aguentar.

Houve um longo silêncio de reprovação, depois um suspiro:

– Sim, senhor!

A despeito de sua ansiedade, Kirk sorriu.

– Deixe a nave inteira, Scott. Vou convocar uma reunião de instrução em 5 minutos. Sala principal de reuniões. Kirk desligando.

Ouviu a porta da ponte se abrindo, e logo Spock estava a seu lado. O vulcano perpassou os olhos pelos controles do piloto e voltou-se para ele numa pergunta sem palavras.

Kirk confirmou balançando a cabeça.

– Temos um problema, sr. Spock. – Entregou a listagem ao primeiro oficial, que leu com a sobrancelha direita subindo sempre. O capitão dirigiu-se a Uhura. – Chame o dr. McCoy e informe-o da reunião. Vamos nos encontrar na sala de reuniões em 3 minutos, Spock.

A sala estava em silêncio enquanto Kirk sumariava a situação, concluindo:

– Temos um problema incomum aqui. Nós, nesta sala, fomos o grupo de terra que descobriu o Guardião e conhecemos sua capacidade como portal do tempo. Portanto, advirto-os de que, para nossos tripulantes, apenas vamos ajudar a *Lexington* por causa de uma entrada não autorizada dos romulanos em nosso espaço, e isso é tudo. Nenhum outro tripulante desta nave deve ficar sabendo do Guardião. Isso inclui o comodoro Wesley e seus oficiais. Entendido? – Todos concordaram à volta da mesa.

– Muito bem. Minha especulação é de que a entrada dessas naves representa uma força de reconhecimento apenas. Alguma outra ideia?

Spock levantou a mão e disse devagar:

– Capitão, as táticas de combate romulanas estão longe de serem rudimentares. Essas naves podem ser uma força de distração, mascarando a chegada de toda uma frota...

Scott concordava.

– Sim, senhor. Seria uma boa ideia reforçar a patrulha ao longo da Zona Neutra. Pelo menos, assim, teremos algum aviso se precisarmos enfrentar uma força maior.

Kirk concordou, pensativo.

– Tenente Uhura, mande um relatório completo da situação, incluindo o conselho do sr. Scott, para o Comando da Frota Estelar. Refira-se ao Guardião pelo codinome do planeta: Gateway. Mande a mensagem para o almirante Komack, código 11.

– Sim, senhor.

– Sr. Scott, instrua o piloto para entrar em alerta amarelo. Dispensados. Spock, por favor, fique.

A sala de reuniões esvaziou-se depressa.

O capitão olhou inexpressivamente para o vulcano.

– Alguma ideia, Spock?

– Dados ainda insuficientes, como o senhor bem sabe, capitão.

– Sim, eu sei. Seria mais seguro berrar pela ajuda da Frota Estelar; mas o segredo em torno do Guardião impede isso. Afinal, duas naves estelares poderiam enfrentar três naves romulanas sem nenhum problema. Eu levantaria muita suspeita se chamasse toda a cavalaria por causa de uma estrela já esgotada e uns poucos planetas queimados, um deles com uma pequena escavação arqueológica.

– Assim que o almirante Komack receber sua comunicação, destacará uma força suficiente para esse setor. Ele tem a autoridade que você não tem.

– Só espero que não cheguemos tarde... Quando recordo o que um homem sozinho fez ao retomar no tempo, sem querer, tremo ao pensar no que os romulanos fariam, de propósito. O passado é tão frágil. Isso me lembra de algo importante que estava querendo comentar com você. O que vai ser de Zar?

O vulcano pareceu não entender.

– O que quer dizer, capitão? Explique, por favor.

– Quero dizer que fiquei quieto e deixei-o permanecer a bordo da *Enterprise* até que ele se ajustasse à sociedade moderna. Não seria justo soltá-lo num mundo que ele não entendesse nem seria justo, eu também receio, soltá-lo em cima de nossa sociedade! – Kirk sorria, lembrando-se das primeiras semanas do rapaz a bordo da nave. – Ele se adaptou notavelmente bem mas permanece o fato de que ele é um civil. Não importa quão pacíficas sejam nossas intenções, esta ainda é uma nave militar. Especialmente agora. Então, quais são seus planos para ele, presumindo que sairemos inteiros desta?

Spock pensou bastante.

– Não sei, capitão. O senhor tem toda razão. É contra os regulamentos que ele continue a bordo da *Enterprise.*

– E Vulcano? Você mesmo poderia levá-lo até lá. Ainda tem direito a licenças suficientes para cinco pessoas. Ele poderia ficar com os seus pais...

Spock balançava a cabeça.

– Não. Zar estaria em inferioridade em Vulcano. Para começar, o clima. O ar rarefeito e o calor dificultariam a sua adaptação.

– Pelo que me lembro, o ar era bem rarefeito lá naquela era glacial. Ele é saudável: vai se acostumar com o calor.

– Mas precisaria de constante atenção e orientação. Vulcano tem uma cultura antiga, toda cheia de costumes. Ele domina a língua, mas não está preparado para aquela estrutura social. Seria... extremamente difícil para ele.

– Não creio que você esteja lhe dando o devido crédito. Ele se ajustaria. Acho que seria igualmente difícil... quem sabe, mais... para você.

Spock levantou os olhos. Kirk reiterou:

– Difícil para você, porque ele é a prova viva e falante de que você não é infalível. Difícil para ele, porque é um *krenath.*

Os olhos do vulcano estreitaram-se.

– Onde o senhor ouviu essa palavra?

– Zar mencionou-a. Disse que significa "filho da vergonha" ou "bastardo".

Os olhos do imediato estavam simplesmente imperscrutáveis, o rosto transformado numa máscara alienígena que Kirk vira só uma ou duas vezes antes.

– Zar não entendeu o conteúdo semântico. Nem você.

O capitão ficou de pé.

– Bem, uma discussão sobre semântica não era o que eu tinha em mente quando toquei no assunto. Só queria que você soubesse que alguma mudança precisa acontecer. Quando entrarmos em alerta amarelo, diga-lhe que deverá ficar confinado ao seu alojamento, ou melhor, diga-lhe para se apresentar a McCoy na enfermaria. É a parte da nave mais protegida, e o Magro poderá precisar de ajuda para lidar com os feridos se houver combate.

Spock ergueu a sobrancelha.
– Se? As hostilidades parecem prováveis, Jim.
– Sim, receio que você tenha razão.

Zar estava confuso e agitado. Acordou de um sono irrequieto para descobrir uma mensagem piscando na tela em seus aposentos. Agora, em resposta às ordens de Spock, correu pelos corredores em direção à enfermaria. A nave estava estranhamente deserta, e uma luz amarela piscava em cada painel de sinalização. Um contingente da equipe de segurança passou correndo, inclusive seu amigo David, sem dar-lhe a menor atenção.

A enfermaria era o cenário de uma atividade furiosa. O dr. McCoy, a enfermeira Chapel e o restante do pessoal médico estava verificando, arranjando suprimentos e armando camas temporárias nos laboratórios. McCoy percebeu o jovem à porta, sem saber o que fazer.

– Zar! Que bom que você veio. Vá ao depósito, pegue aquele velho estimulador coronário e a bateria do ressuscitador e ponha naquele canto ali. Se ficarmos sem energia, poderemos precisar dele.

O cirurgião chefe manteve todos na correria por duas horas, depois parou, olhou bem para a enfermaria, totalmente transformada, e dirigiu-se ao seu pessoal:

– Acho que é o máximo que podemos fazer por ora. Voltem quando estivermos em alerta vermelho. Zar, você fica.

Quando ficaram a sós, o jovem ficou olhando para aqueles preparativos.

– O que é que vai acontecer?
– Quer dizer que ninguém lhe contou?

– Não. O sr. Spock só me disse para vir e ajudá-lo da maneira que pudesse.

– Spock está com muitas coisas na cabeça, eu acho. Recebemos um chamado de emergência da *Lexington,* uma outra nave estelar da Federação, que informou a entrada não autorizada de naves romulanas em nosso espaço. Quando se fala de romulanos, em geral significa um caso de guerra.

– Guerra? Quer dizer que a *Enterprise* vai lutar? – Os olhos cinzentos brilhavam.

– Provavelmente. Não fique com ideias sobre ir até a ponte. O capitão o agarraria por essas orelhas pontudas e o jogaria de lá para fora. Vai ficar aqui, onde não atrapalha ninguém. Seus músculos serão úteis se houver feridos.

– E quando vamos lutar?

– Não sei. Vamos ter de chegar lá rápido, ou nossos motores vão queimar, e nosso primeiro paciente será Scott.

– E vou ter que ficar aqui? Não se pode ver nada aqui!

McCoy suspirou.

– Está com vontade de ver sangue, não é? Entenda bem, Zar: não há absolutamente nada encantador ou bonito em nenhuma guerra, e os conflitos interestelares não são exceção. Vai perceber isso quando vir nossos amigos chegando por aquela porta... na horizontal.

– Ouvi falar dos romulanos, mas muito pouco. São inimigos mortais e brutais, pelo que li. Como eles são?

McCoy logo adotou um sorriso sarcástico.

– Vá se olhar no espelho.

– Eles são vulcanos?

– Não exatamente. Um ramo da família que se separou muito antes de os vulcanos adotarem sua filosofia de paz e total objetividade. Os romulanos são o que os vulcanos eram há muito tempo: selvagens e guerreiros. Pelo que sabemos, sua cultura é uma espécie de teocracia militar. Não muito diferentes dos espartanos da história da Terra.

Zar assentiu, abstraído, subitamente calmo.

– Já li a respeito. "Com teu escudo, ou sobre ele"[9]. Como a cultura japonesa do início do século XX, na Terra.

Os olhos de McCoy analisavam-no atentamente.

– Alguma coisa que eu disse não lhe agradou. – Esfregou o queixo. – Vejamos... seria sobre a natureza dos vulcanos num passado remoto? Digamos, há 5 mil anos?

O médico não deixou de perceber um estremecimento, logo substituído por uma máscara deliberadamente neutra. O jovem deu de ombros, com um movimento mínimo.

– Não sei do que o senhor está falando.

– Uma ova que não sabe! É um mentiroso pior que Spock. Jim me contou da conversa que teve com você. Posso até imaginar o que está pensando de seu pai, mas...

– Prefiro não discutir o assunto – Zar interrompeu. McCoy já vira aquela expressão antes, calada, teimosa, distante. Já o atormentara por anos em outro rosto, e o irritava igualmente agora.

– Hoje, no refeitório, você se comportou como uma criança de 10 anos. Deus sabe que usualmente não defendo Spock, mas você não deveria tê-lo insultado, especialmente na minha frente e de Scott. Cresça! Seja lá o que tenha acontecido na era glacial de Sarpeidon nada tem a ver com...

---

9   A expressão é uma referência à saudação que as mulheres espartanas faziam quando seus guerreiros partiam para a guerra: "Vai. Volta com teu escudo ou sobre ele". [N. de T.]

– *Eu já disse que não quero discutir!* – Os olhos cinzentos estavam começando a brilhar estranhamente, e as mãos grandes, com dedos compridos, abriam e fechavam. Contra a vontade, McCoy viu-se lembrando como eram duras aquelas mãos, fechando-se em torno de sua garganta, e sentiu de novo a umidade da parede da caverna contra suas costas. Um arrepio de medo (da recordação ou do presente?) tocou sua espinha como uma lasca de gelo.

A despeito do medo, ou por causa dele, McCoy sentiu a sobrancelha subindo e ouviu a velha lâmina do cinismo em sua voz.

– Tenho um verdadeiro talento para provocar seres supostamente lógicos e não emotivos, não é? Ou será que eles simplesmente não suportam ouvir a verdade sobre si mesmos?

A boca de Zar se apertou, depois ele deixou cair os ombros e concordou, cansado.

– Tem razão. Lamento pelo que aconteceu. Gostaria de dizer isso, mas ele nem olhava para mim. Senti-me confuso, um verdadeiro idiota. É como tentar mover uma montanha só com as mãos, e acho que será sempre assim. – Balançou a cabeça. – Assim que a *Enterprise* chegar a algum porto, quero ir embora.

– Ir embora? – O médico forçou-se a uma calma que não sentia, na verdade, percebendo de repente como sentiria a falta daquele rapaz. – E para onde iria?

Os olhos cinzentos perceberam a preocupação de McCoy e então abrandaram-se.

– Tenho pensado muito nisso. Preciso de um lugar onde possa ficar sozinho, viver por mim mesmo. Um lugar onde aquilo que sou, as coisas que sei fazer sejam uma necessidade, e não uma deficiência. Talvez num dos planetas de fronteira… – Algo tocou os cantos de sua boca, e não era um sorriso. – Quando chegar a hora, aviso. O senhor é praticamente o único que se importa. Ele certamente não.

– Não. Você está errado. Afinal de contas, ele...

– Ele me descobriu. – Zar interrompeu, cansado, aceitando.

– O simples fato de minha existência é o que lhe importava, mas não eu. Só há uma pessoa com quem o comandante Spock se preocupa profundamente, e... – Parou, lembrando-se de que estava pensando em voz alta. Um músculo contraiu-se em seu maxilar, e terminou baixinho. – Não sou eu.

McCoy atreveu-se a estender uma mão e tocar aquele ombro rígido.

– Dê algum tempo, filho. É mais difícil para ele que para você. Ser pai nunca é simples, mesmo se você se torna pai pelo caminho usual, quanto mais se alguém lhe joga um filho no colo, de repente, sem aviso. Não é nada fácil... Eu sei, a minha experiência mesmo não foi nada boa...

– O senhor? O que quer dizer?

– Já fui casado... por algum tempo. Tenho uma filha chamada Joanna. Tem a sua idade.

– Onde está ela?

– Na faculdade de medicina. Era enfermeira, decidiu especializar-se e depois foi estudar medicina. Tenho um retrato dela, que depois lhe mostro. Bonita, parecida com a mãe, felizmente.

Zar ficou interessado.

– Ela é como o senhor... quero dizer, boazinha?

McCoy deu uma risadinha.

– Ela é mais boazinha que eu... encantadora mesmo. Há três anos não a vejo, mas vai se formar em seis meses, e tentarei estar presente. Se você estiver por perto, vou lhe apresentar... não, talvez essa não seja uma boa ideia...

Os olhos cinzentos ficaram intrigados.

– Que quer dizer?

– Já vi o efeito dessas malditas orelhas na média dos hormônios femininos e, por mais ilógico que pareça, todos os pais tendem a ser superprotetores.

O jovem retraiu-se, depois relaxou, com o sorriso do médico.

– Ah… – disse ele, acalmando-se. – O senhor está brincando comigo…

Sem aviso, um alarme soou. Zar deu um pulo. A voz da tenente Uhura podia ser ouvida por toda a nave:

– Alerta vermelho. Todos os postos: alerta vermelho. Postos de combate: alerta vermelho. – A sirene continuava a tocar.

McCoy levantou-se, e sua expressão endureceu.

– Lá vamos nós! Pelo menos, a espera acabou.

ONZE

– Todos os postos informam estar em alerta vermelho, capitão – disse Uhura.

– Entrando no setor 90.4, senhor. – A voz de Sulu estava calma.

– Reduzir para velocidade subluz, piloto. Tenente Uhura está captando alguma coisa?

– Sim, senhor. Cumprimentos da *Lexington*.

– Coloque no áudio, tenente.

– Sim, senhor.

Um pouco de estática e, depois, uma voz aflita encheu a ponte. Uhura fez um ajuste rápido.

– … perdemos nossos defletores de popa. Naves inimigas se aproximando. *Enterprise*, está ouvindo? Responda, *Enterprise*.

– Abra um canal, tenente. Transmissão codificada.

– Sim, senhor… Pode falar.

Kirk conservou os olhos na tela enquanto falava:

– Aqui é o capitão Kirk, da *Enterprise*. Estamos captando vocês na *Lexington*. Qual é a situação?

Outra voz.

– Jim? Aqui é Bob Wesley. Nós conseguimos segurá-los até agora, mas nossos defletores de popa já se foram, e nosso escudo de bombordo não suportará outro impacto direto.

– Aguente, Bob… Já vejo você em minha tela.

Uma estrela grande e três menores materializaram-se e cresceram rapidamente, até que os tripulantes na ponte podiam ver a nave ferida. As pequenas naves romulanas circulavam em torno dela, cuidadosamente, sabendo que a outra tinha maior poder de fogo. Sempre que se apresentava uma oportunidade, uma delas tirava vantagem de sua agilidade para disparar e fugir antes que a *Lexington* apontasse suas armas.

– Prepare os bancos phasers de proa, sr. Sulu.

– Bancos phasers prontos, senhor.

– Dispare uma rajada de 10 segundos, à minha ordem, depois mude o curso imediatamente para marco 4-5-2.0.

– Curso 4-5-2.0, marco, assim que dispararmos, sim, senhor. Phasers prontos.

Kirk inspecionou o painel de instrumentos, contou os segundos e disse calmamente:

– Fogo.

Os feixes mortais dispararam, empalando diretamente a nave romulana do meio. Uma repentina e cegante explosão encheu a tela, depois sumiu, enquanto a *Enterprise* mudava de curso. A tripulação esperava, tensa. Veio uma vibração e depois uma sacudida.

– Um tiro nos defletores de boreste, capitão, mas nada sério – informou Sulu.

– Mudar curso para 5-3-8, marco 2-4, sr. Sulu. Vamos atrás dos outros.

– Sim, senhor... A *Lexington* acaba de disparar seus bancos principais.

Kirk já estava observando os instrumentos entre uma olhada e outra para a tela visual. O tiro fora de raspão, e o romulano pôde desviar, mesmo aparentando estar com os controles de manobra prejudicados.

– Isso queimou um pouco as suas penas... – Era a voz do comodoro Wesley pelo rádio.

Kirk ergueu a voz:

– Bob, não estou vendo o outro. Sabe onde está?

– Usou seu dispositivo de camuflagem um segundo depois que disparamos.

– Prepare-se para perseguir a que foi danificada, sr. Sulu. Curso 3-2-6, marco 0-4.

– Sim, senhor. 3-2-6, marco 0-4... Capitão, ela acaba de desaparecer da tela.

Kirk voltou-se para seu oficial de ciências.

– Spock, ligue todos os seus sensores em infravermelho. Podemos captá-los por suas emissões de calor, mesmo sem poder ver de outro modo.

O vulcano inclinou-se sobre seus sensores e endireitou-se depois de alguns momentos de expectativa.

– Negativo, capitão. Captei um rastro muito fraco, mas mudam de curso a todo momento para disfarçar. Este setor está cheio de distorções de radiação, que tornam qualquer sensoriamento praticamente impossível.

– Muito bem. Voltemos à *Lexington*.

Assim que Kirk certificou-se de que as condições a bordo da outra nave da Federação eram estáveis e os reparos já estavam em curso, ordenou que a *Enterprise* voltasse à condição de alerta amarelo. Enquanto a atmosfera na ponte relaxava sensivelmente, o capitão chamou seu imediato. Quando o vulcano estava próximo dele, perguntou em voz baixa:

– Qual sua opinião, Spock?

– Uma distração, senhor. Tática de distração para fazer algo bem diferente que atacar nossas naves. Caso contrário, a *Lexington* já estaria muito mais danificada. Os romulanos podem ter muitos defeitos, mas não são covardes. Nunca fugiriam, mesmo em inferioridade. Sua ética guerreira exige olho por olho.

— Concordo. Agora precisamos descobrir por que estavam prontos para se sacrificar ou contrariar sua doutrina para nos manter ocupados... Mas a primeira coisa que vou fazer é tirar aqueles arqueólogos de Gateway.

— Um movimento lógico, capitão. Acaba de me ocorrer que, antes de chegarmos, os romulanos poderiam ter lançado uma nave auxiliar. A *Lexington* pode não ter captado, pois estava sob ataque de todos os lados. Se lançaram uma, acho que poderia captar sinais de vida sobre o planeta...

— Pois vá ver isso. — O vulcano afastou-se, e Kirk dirigiu-se à sua oficial de comunicações:

— Tenente Uhura, entre em contato com a dra. Vargas na superfície do planeta.

— Sim, senhor.

O rosto da arqueóloga chefe encheu a tela depois de pequena pausa. A imagem oscilava e tremia.

— Capitão Kirk?

— Sim, doutora. Pedimos reforços à Frota Estelar. Mas quero que a senhora e o seu pessoal se preparem para serem trazidos a bordo o mais rápido possível. Há grande possibilidade de que os romulanos tenham outras naves de combate neste sistema. Quando estarão prontos?

— Envio o meu pessoal em duas horas. No entanto, eu queria ficar aqui.

— Fora de cogitação, doutora. Perigoso demais.

— Kirk, temos anotações e artefatos inestimáveis aqui. Precisam ser preservados a qualquer custo. Não quero, de modo nenhum, que eles, ou qualquer outra coisa deste planeta, caiam em mãos inimigas.

– Mandarei uma equipe da segurança para ajudá-la a embalar os artefatos, e a senhora poderá transmitir suas anotações. Gateway será mantido por minhas forças de segurança até que seja seguro para a senhora descer ao planeta.

– Não. É muito perigoso permitir acesso de pessoal não autorizado às... ruínas. Eles poderiam... danificá-las.

Uma chuva de estática e a imagem sumiu, mas depois voltou. O capitão Kirk endireitou-se.

– Dra. Vargas, tomarei todas as precauções para garantir que meus guardas de segurança não... danifiquem nada. Assumo toda a responsabilidade. Vou mandar imediatamente para baixo uma equipe para ajudá-la a empacotar tudo. Ela tem instruções para garantir que cada um de vocês seja transportado a bordo desta nave, e suas anotações também. Entendeu? – Sua voz estava ríspida agora.

– Meu equipamento de comunicações não está funcionando direito, capitão... Não consigo ouvi-lo bem... Vou esperar sua equipe de segurança... – A imagem oscilou e tremeu, depois fixou-se de novo. – Quando todo o equipamento estiver empacotado, entrarei em contato com o senhor, de modo que possa levar para cima o meu pessoal e os seus guardas.

– E a senhora, doutora. Isso é uma ordem.

– Lamento, capitão. Não consigo ouvi-lo... Minha transmissão está apagando...

Uhura afastou-se de seu painel enquanto a imagem na tela se desvanecia.

– Ela mesma foi quem cortou a força, senhor.

Kirk resistiu ao desejo de descer o punho no braço da poltrona de comando.

– O diabo que não podia me ouvir! Não posso permitir que ela... – Controlou-se, com esforço. – Uhura, o equipamento dela estava realmente com defeito?

– Sim, senhor. Mas ela não perdeu a transmissão. Simplesmente desligou.

– Foi o que imaginei. Que teimosa... – Sacudiu a cabeça, cansado. – Eu faria o mesmo, acho. Mesmo assim, não posso permitir...

Spock aproximou-se de novo e baixou a voz:

– Capitão, preciso falar com o senhor.

Encararam-se na sala de reuniões vazia. O vulcano baixou seu corpo ossudo sobre uma poltrona e ficou olhando para suas mãos por um instante.

– Capitão, quando trabalhei com o equipamento no acampamento dos arqueólogos, percebi que ele precisava de um grande conserto. O sistema de comunicações deles não é confiável, e é perigoso depender apenas de comunicadores de mão. As emanações de tempo do Guardião e os bolsões de radiação de estrelas escuras neste setor tornam as comunicações e o sensoriamento sujeitos a distorção. Recomendo que, na ausência de indicações confiáveis sobre formas de vida, evacuemos os arqueólogos e coloquemos uma equipe de segurança, a ser comandada por mim. Eu também poderia armar um campo de força em torno do Guardião, o que gerará proteção adicional.

Kirk estava de acordo.

– Concordo com você em todos os pontos, exceto um. Não vou mandá-lo com a equipe de segurança. Preciso de você aqui, para monitorar as emanações do Guardião. Com as comunicações prejudicadas, não posso enviar você. O seu conhecimento sobre o Guardião é valioso demais para arriscar.

– Sim, senhor.

– Continue trabalhando nessa ideia do campo de força como uma proteção final para o portal do tempo. Esperemos que esse último recurso não seja necessário.

Com o alerta vermelho cancelado, Zar voltou ao alojamento que dividia com Steinberg e Córdova. Encontrou-os verificando a carga dos seus phasers e prendendo os comunicadores nos cinturões.

– Que bom que você voltou, meu velho – disse Steinberg, estendendo a mão. – Juan e eu queríamos nos despedir antes de ir embora.

Desorientado, Zar apertou a mão dos dois.

– Para onde estão indo, Dave?

– Para a superfície do planeta. O pedregulho mais seco e desagradável que já vi. Nada de mulheres boazudas. Só um bando de arqueólogos velhos para pajear. Mas, afinal, ordens são ordens.

– Arqueólogos?

– Sim. Uma tal de dra. Vargas é quem chefia o lugar. Estão sendo evacuados, e nós ficaremos guardando umas ruínas velhas. O porquê de os romulanos quererem invadir este setor está além de minha compreensão... Não há nada, senão estrelas acabadas e um planeta ainda mais acabado.

Juan Córdova sorriu.

– Deixe a casa limpinha enquanto estivermos fora. Quando voltarmos, vou dar-lhe a próxima lição do "Curso Córdova de

Corrupção". Talvez bebida e carteado não tenham sido aulas tão boas, mas espere até a próxima! *Mulheres...* – Córdova cutucou as costelas de Steinberg, com o cotovelo. – Olha só, Dave, ele está corando!

Zar não sabia se ficava surpreso ou agastado.

– Juan, estou procurando um voluntário para praticar aquela pinçada no ombro. Parece que ouvi agora mesmo alguém se oferecendo... – Avançou para Córdova, que se escondeu atrás de Steinberg, rindo.

– Vamos embora, Dave. É melhor cair fora daqui antes que ele fique bravo de verdade... – Os dois seguranças pegaram suas coisas e foram para a porta. Do corredor, Córdova fez o gesto de "positivo" com o polegar. – Vejo você depois. Fique longe de estranhos e de cachorros!

Uma sobrancelha preta ergueu-se.

– Cachorros? Não há nenhum cachorro a bordo da *Enterprise*... Steinberg balançou a cabeça.

– Ele quer dizer: cuide-se! Vamos mandar-lhe um postal da belezura que é Gateway...

– Dave, Juan! – Consciente de uma estranha relutância em deixá-los, Zar foi até o corredor e gritou atrás deles: – O que é um postal?

– Isso nós explicaremos quando voltarmos... – As turboportas fecharam-se na frente deles.

De repente, aquele alojamento parecia grande demais, e o silêncio era uma opressão. Zar andava de um canto para o outro de seu cubículo. Pegou seu caderno de desenho, mas não conseguia se concentrar. Percebeu que traçava ociosamente, formando... formando um rosto. Olhou bem, absorto nas feições familiares do esboço grosseiro... dra. Vargas.

Jogou o caderno no chão, caminhou pelo quarto pequenino, sentindo-se incomodado, depois pegou a fita com a história de Sarpeidon, aquela que mostrava as suas pinturas na caverna, e colocou-a no visor. Virou as páginas, olhando distraído para as palavras e ilustrações, reconstituindo mentalmente a conversa que teve com Dave. Subitamente, os dedos finos fecharam-se convulsivamente no botão de controle de velocidade, e Zar fitou bem a imagem na tela. *Não pode ser...* seu olhar dirigiu-se involuntariamente para a pintura sobre o cavalete e acionou a tecla de desligar, com a testa franzida.

Dois mistérios... As palavras do segurança ecoavam em sua mente, e, contra sua vontade, o enfoque lógico que Spock lhe ensinara definiu a situação como uma equação – e ele não gostava do que parecia ser a solução óbvia. Por fim, foi ao console do computador da biblioteca e digitou uma pergunta. Piscou por um instante, depois uma luz se acendeu na tela do console: *Não há informações sobre essa região.*

Incapaz de relaxar, ficou vagando pelos corredores da nave. A *Enterprise* parecia opressiva, seus corredores quase desertos. Diversas vezes virou-se, bruscamente, pensando que havia alguém atrás dele, mas estava sempre só. Havia uma sensação familiar na nuca. Já sentira aquele comichão antes, caçando, quando descobria que ele é que estava sendo caçado.

Resistiu ao impulso de ir ver McCoy, sabendo que estava ocupado. Considerou por um instante ir ao refeitório para um lanche, mas percebeu que a reviravolta em seu estômago nada tinha a ver com fome de verdade. Culpando a solidão por seu crescente desconforto, tentou não pensar. Afinal, solidão era algo com que aprendera a conviver havia muito tempo. Algo sempre presente, como o sol, as pedras e a fome. Engraçado, pensara no passado que gente seria a solução. Gente com quem ficar, com quem conversar... Em vez disso, pareciam complicar ainda mais. Nada lógico, mas muito verdadeiro.

Seus pensamentos voltaram-se para Spock, e imaginou o que o vulcano estaria fazendo, lembrando-se da cena no refeitório. A raiva havia ido embora, deixando apenas a futilidade e a vergonha. Como fora ingênuo! Algo apertou em seu abdome, e ele estremeceu, sentindo-se esquisito.

Inconscientemente, seus passos levaram-no ao ginásio. Estava deserto – poucos tripulantes de folga por causa do alerta. Tirou a camisa, inclinou-se para tirar as botas. Uma sessão de exercícios o deixaria relaxado.

Calistênicos, depois meia hora na esteira rolante e mais uma sessão de halterofilismo. Atividade física intensa era algo conhecido, reconfortante. Antes, sua vida dependera de sua força, de seus reflexos e de sua vitalidade. Zar considerava seu corpo um instrumento de sobrevivência e tinha um prazer desapaixonado por suas habilidades.

Estava se equilibrando nas argolas, suspenso a quase três metros acima do convés, quando percebeu que tinha audiência. Uma moça, de *shorts* e camiseta, estava olhando. Seu olhar franco, com olhos verdes, mesmo observando daquela altura, deixou-o sem jeito. Seu movimento, que até então era suave, econômico, tornou-se abrupto, desajeitado, e quase caiu, conseguindo no último momento se equilibrar de pé, aterrissando com estardalhaço.

– Você está bem? – ela perguntou.

Ele assentiu, incapaz de dizer qualquer coisa.

Desde que viera a bordo da *Enterprise*, tivera pouco contato com mulheres, exceto a tenente Uhura e a enfermeira Chapel.

Uhura era sua amiga – tanto quanto Scott ou Sulu. Sua relação com Chapel era diferente, enigmática. Dela, captava sentimentos que lembravam os de Zarabeth, especialmente desde o dia em que Christine fez sua análise cromossômica e depois avisou-o para não dizer nada a ninguém sobre os resultados. Suas perguntas sobre os porquês e comos se mostraram fúteis. Chapel recusava-se a discutir o assunto.

Sua visita resolveu sorrir.

– Não queria atrapalhar. Estava esperando uma chance para conversar – A voz dela era cristalina, agradável. – Sou Teresa McNair.

– Como vai? – Aquelas palavras formais soavam sem sentido, mas eram as únicas em que podia pensar. Estava bem consciente de que ela era jovem, e a cabeça dela mal chegava à altura de seu ombro. Tentou captar as emoções dela e encontrou expectativa misturada a uma avaliação elogiosa dele. *Por alguma razão, ela esperava que eu soubesse o nome dela... Por quê?* – E por que você queria conversar comigo?

– Sinto um interesse de proprietária, por assim dizer. – Ela percebeu a surpresa do jovem e continuou: – Meu outro campo de interesse é antropologia alienígena. – Ainda aquela sensação de algum segredo que esperava que ele soubesse...

– E seu interesse principal?

Ela ergueu uma sobrancelha.

– Em serviço, ou fora dele?

– Desculpe, não entendi.

A curiosidade dela se transformou numa onda de calor, aquecendo-o, mesmo que ele não entendesse a razão.

– Você fala como ele. Não se incomode. Sou a mais jovem técnica de eletrônica da turma do engenheiro-chefe, Scott.

Significa que fico com todo o trabalho sujo e nada das glórias. – Levantou a cabeça para estudar o rosto dele, e ele apercebeu-se de seus cabelos suados e pés descalços. – Inacreditável. – Ela acrescentou, quase falando sozinha: – Você é um bom artista.

Gostando do elogio, Zar quase se esqueceu de si mesmo e sorriu abertamente. Mas logo se reprimiu.

– Já viu minhas pinturas?

– Sim, vi. – O sorriso dela desapareceu devagar, e os olhos verdes perderam o ar de expectativa. – Você não faz a mínima ideia do que eu estava dizendo, não é?

– Não.

– Estou até com vergonha. Provocá-lo foi um impulso muito tolo. Não se preocupe. Ninguém vai saber. – Inclinou a cabeça, sorrindo diferente dessa vez. – Esqueça. Você... o que houve? – Ele tinha posto a mão na cabeça, os olhos estreitaram-se.

– Não sei... a cabeça dói. – Sacudiu-se, e as rugas de dor desapareceram. – Está melhor agora.

– Você ficou muito mal por um segundo. Seria melhor falar com o dr. McCoy.

– Talvez, mais tarde. Agora preciso me lavar.

– Eu o interrompi. Continue o que estava fazendo.

– Não. Já tinha acabado. – Pensou numa maneira de prolongar a conversa, mas em sua imaginação não veio nada. Percebeu que estava ali apenas olhando para ela e, de repente, virou-se.

McNair deixou-se estar, observando o vulto alto e esbelto. Quase havia chegado à porta quando suas pernas fraquejaram e ele caiu.

Dor! Atacava-o atrás dos olhos, e Zar dobrou-se para a frente, vomitando. Quase sem consciência, sentiu o ombro escorregando pelo batente da porta, os joelhos dobrando, e o frio do metal em seu corpo semidespido. Escuro, com tons vermelhos, apagando a visão e depois o nada...

Quando o alcançou, McNair tinha certeza de que ele estava morrendo. Cada músculo contraído, cabeça jogada para trás, ele ofegava, tentando respirar fundo. O barulho daquela respiração era uma agonia de se ouvir. Enquanto ela se ajoelhava, evitando os braços abertos dele, a respiração engasgada parou. Sabendo que não havia esperanças, pegou o rosto dele entre as mãos e afastou-o da parede para ficar desimpedida e tentar uma ressuscitação artificial.

De repente, Zar começou a respirar com naturalidade de novo. A surpresa de McNair foi total, e ela ficou de cócoras, os dedos tentando tomar o pulso dele. *Extremamente rápido... mas talvez seja o seu normal. Temperatura da pele muito alta, mas também isso poderia ser normal. Está suando... mas poderia ser por causa do exercício...* Assombrada, balançava a cabeça.

Os cílios pretos ergueram-se, e Zar ficou olhando para ela, depois percebeu que estava deitado, encostado na parede.

– Quê? – Tentou se levantar. McNair pousou a mão em seu peito.

– Não, é melhor ficar quieto.

– O que aconteceu?

– Você desmaiou. Nunca vi nada igual. Achei que você estava morto. – Ao olhá-lo, explicou: – Quando pessoas ou animais morrem, especialmente de forma violenta, sofrem espasmos e respiram daquela maneira.

– Tem certeza?

– Passei por um ataque romulano quando tinha 12 anos. A maioria dos outros colonos não sobreviveu. Tenho certeza.

Ele se mexeu com cuidado, mas sem tentar levantar-se. A dor era apenas uma memória agora, como se nunca tivesse existido. Estava um tanto cansado e muito faminto.

– Como se sente? – Ela o observava atentamente.

– Bem. – Não a encarou. De repente, sentia a pressão da mão dela e o agradável frescor de seus dedos sobre sua pele. Pelo contato, sentiu a preocupação dela e algo mais... obscuramente, no fundo da consciência, gostava de tocá-lo. Perceber isso o deixava feliz, mas confuso. Queria ficar ali, sem se mexer, contente por esperar... o quê? A ideia o sacudiu e, antes de perceber o que estava fazendo, virou-se para um lado e ficou de pé, olhando para ela, ainda agachada. – Estou bem agora.

McNair balançou a cabeça.

– Você não parecia nada bem há um minuto, mas, se é assim que quer... – Estendeu o braço, enquanto se erguia, e sentiu que ele a ajudava, puxando-a com uma força que a surpreendeu, até que se lembrou de novo de seus ancestrais e o fato de que Sarpeidon tinha uma gravitação maior que a Terra.

– Isso já lhe aconteceu antes? Desmaio, inconsciência?

– Não... – Estava desorientado, por fim. – Não, não sei o que causou... não me lembro... – Olhou para ela, e ela baixou os olhos. Sentiu que a moça escondia algo.

– Em que está pensando?

– Nada. Melhor consultar McCoy o mais rápido possível. Pergunte a ele.

Os olhos cinzentos estavam alertas, e a calma inumana de seu rosto parecia uma máscara.

– Está pensando em dano cerebral, não é? Epilepsia ou coisa parecida... certo?

Relutantemente, ela concordou.

– Suponho que possa ser possível. – Ela o observou reprimindo um arrepio. – Há uma coisa... – Mas ele balançou a cabeça. – Não consigo me lembrar.

Depois de ele tomar uma ducha, foram juntos ao refeitório para comer, e ela lhe contou sobre seu planeta natal e seu treinamento na Academia da Frota Estelar. Ele ouvia atento, absorto. McNair terminou a história com uma descrição do teste de sobrevivência que cada cadete precisava enfrentar no último ano.

– Coisa brutal. Escolhem algum planeta esquecido, que mal é habitável, e jogam você lá, com uma mão na frente e a outra atrás, sem nada, nem comida nem armas, e esperam que você sobreviva!

Ele ergueu uma sobrancelha.

– E então?

Ela ficou olhando por um momento e percebeu que ele não estava brincando.

– Então, sobrevivi. Passei por maus bocados no mês em que estive lá. Caí de uma pedra e torci o tornozelo, mas tive sorte. Afinal, poderia ter torcido o pescoço... Ei! Alguma coisa errada?

Ele a olhava, o medo escurecendo seu olhar.

– Agora me lembro. – Ela mal ouvia sua voz. – Há sete anos... Esqueci como é a morte. Preciso ver o capitão.

Antes que Teresa McNair pudesse fazer uma das perguntas que lhe vieram à mente, ele já tinha ido.

Spock encostou-se na cadeira, afastando-se dos seus sensores, a testa ligeiramente enrugada. Virou uma chave, apertou vários botões, recalibrou por causa de uma possível perturbação atmosférica, mesmo que improvável. As indicações não mudavam. Acionou a chave do intercomunicador. Num instante, a voz do capitão respondeu um pouco pastosa:

– Kirk falando.

– Minhas desculpas por acordá-lo, capitão, mas há algo em meus sensores que o senhor deveria ver.

– A caminho – veio a voz, agora bem desperta.

O capitão chegou à ponte e descobriu Spock sentado na poltrona de comando, mão no queixo.

– O que está acontecendo?

– Estive monitorando a superfície do planeta e as emanações das ruínas.

– Alguma alteração?

Em resposta, o imediato foi para os sensores e apertou alguns botões. Baixou a voz:

– Quando comecei a monitorar, as medidas da superfície mostraram isto. – Apareceu um conjunto de números na tela. Spock apertou um outro botão. – Depois, exatamente há 6,4 minutos, as medidas caíram, ficaram constantes de novo, mas em outro nível, ligeiramente inferior. – Mostrou outro conjunto de valores.

– Como se as emanações do Guardião estivessem ligeiramente... amortecidas... – Kirk murmurou, estudando os números.

– Exatamente.

– O que poderia causar esse efeito?

– Várias coisas. Poderia ser o resultado de uma alteração natural nas emanações de tempo das ruínas. Ou o resultado de um campo de energia fechado de algum tipo.

– Campo de força?

– Possivelmente. Entretanto, eu deveria poder captar a presença de um campo de força, e meus sensores nada mostram. De fato, há uma curiosa ausência de medidas bem definidas de toda a região do Guardião.

– E medidas indicativas de formas de vida: o grupo de terra?

– Recalibrei tentando compensar as perturbações do tempo... Não fiquei monitorando o grupo de terra.

O capitão virou-se.

– Tenente Uhura, quais as últimas notícias do grupo de terra?

– Informaram que o sistema de comunicações no planeta estava totalmente imprestável e que usariam os comunicadores de mão. Isso foi há quase duas horas e meia. Há cerca de uma hora avisaram que estavam mandando para cima a coleção de artefatos, o que foi feito. Deverão chamar de novo a qualquer momento, senhor. – Interrompeu-se, os dedos dançando sobre seu painel. – Há alguma coisa chegando agora, capitão.

Kirk e Spock foram para junto dela, enquanto ouvia atentamente. Finalmente olhou para eles, olhar sério.

– Capitão, é uma mensagem do almirante Komack. A Base Estelar Um acaba de informar que dez naves romulanas ultrapassaram a Zona Neutra, dirigindo-se para este setor. Seu tempo estimado de chegada é de catorze horas. Mandaram cinco naves estelares e um encouraçado para nos ajudar. Em dobra máxima, deverão estar aqui em catorze horas e meia. Talvez menos.

– Obrigado, tenente. Entre em contato com o grupo de terra. Diga-lhes que se preparem para subir. Informe o tenente Harris que, se a dra. Vargas quiser causar problemas, tem minha permissão para trazê-la à força. Não posso deixar ninguém lá na superfície.

– Sim, senhor. – E ela voltou ao seu console de comunicações.

– Spock, continue monitorando aquelas emanações. Diga-me se houver outra alteração nas medições. – O capitão baixou a voz. – Se houver o menor indício de que os romulanos conseguiram chegar perto do Guardião, precisamos impedi-los. Mesmo que signifique a destruição de Gateway.

O vulcano ergueu sua sobrancelha.

– Capitão, a perda para a ciência seria...

– Irreparável, eu sei. Mas talvez não tenha escolha. – Kirk voltou-se para o console de comunicações. – Tenente, você ainda tem aquele canal aberto para o grupo de terra?

Uhura respondeu que sim e ajustou o receptor em sua orelha, tentando mais uma vez. Tentou de novo. Por fim, olhou para Kirk, que a observava, tenso.

– Desculpe, senhor. Eles não respondem. Nenhum deles.

DOZE

Sob os protestos de Spock, Kirk liderou o grupo de resgate em pessoa. Quando chegaram às coordenadas do primeiro grupo, descobriram o lugar deserto. Os membros do grupo de resgate aproximaram-se uns dos outros, sentindo o ataque do vento, enquanto McCoy sensoriava as vizinhanças.

– Nenhum sinal de forma de vida... Espere... muito fraco. Nesta direção. – Saíram correndo.

O que sobrara do grupo de terra, bem como dos arqueólogos, estava espalhado do lado de fora do prédio do acampamento, destruído. Kirk mordeu um lábio e fechou os olhos. Um momento depois, já sob controle, foi para junto de McCoy, inclinado sobre um vulto de bruços.

A dra. Vargas estava quase irreconhecível. Quando o capitão ia se aproximar, McCoy encontrou o seu olhar e meneou a cabeça rapidamente.

– Ela pode falar, Magro?

– Duvido.

Ao som de suas vozes, o corpo acabado estremeceu e abriu os olhos.

– Kirk... – Sua voz estava tão fraca que o capitão empurrou McCoy para longe e quase enterrou sua orelha na boca da doutora. Percebeu que ela não podia enxergar e pegou sua mão.

– Estou aqui, dra. Vargas... Quem foi?

– ... Rom...

– Pode dar-lhe algo que a ajude a falar, Magro?

McCoy sacudiu a cabeça, entristecido.

– Não, Jim. Qualquer estimulante vai apressar o seu fim.

– Não lhe pedi nada disso! Pode dar-lhe algo que a ajude a falar?

– Cordrazina ou trimetilfenidato, mas...

– Com os diabos, Magro. Dê a ela! *Preciso* saber se os romulanos descobriram o Guardião!

McCoy resmungou baixinho, mas pegou sua hipodérmica, e Kirk ouviu o chiado enquanto era aplicada no braço dela. Ela abriu os olhos e gemeu.

– Eles descobriram a verdade, dra. Vargas? – Sacudiu-a um pouco. – Eles sabem onde está o Guardião?

– Não... não tinham drogas... métodos grosseiros... Torquemada... lutamos... muitos, muito... fortes. Mas nós não... contamos. Detenha-os... – Ela fechou os olhos, depois abriu-os e tentou se erguer. Kirk segurou-a. Ouviu-a engasgar, depois sua voz de novo, surpreendentemente clara. – Você precisa detê-los. Meu Guardião... não deve ser usado para... – Os olhos azuis fecharam-se de novo, depois abriram-se quando a cabeça dela rolou para trás. O capitão baixou-a suavemente ao chão, enquanto McCoy lhe fechava os olhos.

O grupo de resgate estava atrás dele quando Kirk levantou-se. Masters, chefe da segurança, falou:

– Verificamos tudo, senhor. Sem sobreviventes. Açougueiros... sete dos meus homens... – Engoliu em seco, depois falou em voz mais normal: – Guarda de honra para funeral, capitão?

– Para dezesseis? Não, esta terra é muito dura. Mande descer padiolas e sacos plásticos para os cadáveres. Comunicações codificadas; feixe estreito. Não quero ser espionado. Teremos uma cerimônia coletiva quando... quando tudo isto acabar. Todos morreram do mesmo jeito?

– Torturados? Sim. Por quê, capitão?

Kirk apertou os punhos, respirou fundo.

– Por causa de uma informação que eles não poderiam dar, porque não sabiam. Os arqueólogos é que são os verdadeiros heróis. Morreram, mas não contaram. Já revistou o prédio?

– Sim, senhor. Saqueado. Foi bom terem mandado seus registros antes.

– Sim, foi mesmo. Só gostaria de ter levado o pessoal também. Já cuidou da identificação dos corpos ou McCoy precisa tomar os padrões retinais?

– Eu já cuidei disso, senhor.

– Muito bem. Então traga essas coisas para baixo, rápido. Se ficarmos por aqui muito tempo, poderemos ficar iguais a eles.

– Sim, senhor.

Kirk fez sinal a McCoy.

– Vamos ver o Guardião. Ajuste seu phaser para matar.

Os dois caminharam entre as ruínas até deixar o edifício do acampamento bem para trás. O capitão sondou a área, depois pegou um pequeno par de lentes e sensoriou a região. Balançou a cabeça.

– Magro, verifique nossa localização com o seu tricorder.

O médico digitou uma série de coordenadas. Kirk franziu a testa.

– Não entendo... Deveríamos poder vê-lo daqui. Mas a paisagem é... – A voz dele mudou. – Magro, ele não está aqui. Onde... acha que eles conseguiram levá-lo?

– Claro que não, Jim. Não poderiam deslocar toda aquela coisa. Deve pesar toneladas. Além do mais, aposto que não funcionaria em outro lugar. Mas onde poderia estar?

O capitão pegou seu comunicador e ajustou o instrumento para transmissão codificada.

– Kirk para *Enterprise*.

– *Enterprise*. Spock falando.

– Já foi informado sobre as condições aqui?

– Afirmativo, capitão.

– Ainda está monitorando os sinais das ruínas?

– Sim, capitão. Estão constantes, no nível em que o senhor os viu.

– Muito bem. Kirk desligando.

O capitão deu outra boa olhada à sua volta, desorientado. Ruínas, colunas tombadas, rochas azul-cinza, areia cinzenta... e era tudo.

– Não pode simplesmente ter desaparecido, Magro! Precisa estar por aí, em algum... – Interrompeu-se e voltou-se para o médico. – É isso! Está aí mesmo, onde deveria. Só que não podemos vê-lo! – McCoy ficou olhando para ele. Kirk insistiu, animado: – Um novo tipo de dispositivo de camuflagem. Estão projetando alguma espécie de camuflagem. O Guardião está a uns cem metros à nossa frente, mas só que escondido por esse... dispositivo de camuflagem planetário.

– Você pode ter razão, Jim. Soa razoável. Mas, se estiver certo, como diabos vai impedir que os romulanos usem o Guardião, se nós não pudermos achá-lo?

– Pode detectá-lo no seu tricorder? Não pode captar sinais de formas de vida que nos digam se eles estão por aqui?

O tricorder do oficial médico zumbiu, e McCoy balançou a cabeça, contrariado.

– As energias do tempo aparecem, mas é tudo. Não há como localizar mais nada. Estamos cegos tanto dos olhos como dos instrumentos.

A primeira coisa que McCoy e Kirk viram ao se materializarem na sala de transporte foi Zar. A palidez de seu rosto tomava seus olhos quase totalmente negros. Sua voz tremia:

– O grupo de terra... Estão todos mortos, não é? Se eu soubesse antes, ainda poderiam estar vivos... Juan e Dave... dra. Vargas.

McCoy ficou a observá-lo, notando que o jovem estava em estado de choque. Kirk aproximou-se, agarrou o braço do médico, tenso, e sacudiu-o. A voz do capitão era imperiosa:

– Magro, ajude-me a levá-lo para a enfermaria.

Zar movia-se como um robô, enquanto o empurravam para a enfermaria e faziam-no sentar numa poltrona. O médico, preocupado, tomou seu pulso e olhou para Kirk.

– Acorde, filho. Como soube do grupo de terra?

Os olhos cinzentos piscaram e perderam um pouco do aspecto vitrificado.

– Eu... sabia. Do mesmo jeito que fiquei sabendo... antes. Minha cabeça doía e me senti mal quando soube por que os romulanos estavam atacando. A dor piorou. Desmaiei. E então parou. Quando me lembrei da única vez em que isso aconteceu antes, entendi que era porque estavam todos mortos. – Deixou-se cair de novo na poltrona. – Todos mortos... eu poderia tê-los salvado se não tivesse ficado...

Kirk estendeu-lhe uma xícara de café, percebeu que ele a pegava com mãos trêmulas e tentava firmá-las.

– Acalme-se, Zar. O que quer dizer? Você sabia por que os romulanos atacaram?

– Era óbvio. Invadiram este sistema para achar o Guardião. Potencialmente é uma arma terrível. Quando perguntei ao computador sobre este setor, ele nem sabia que o portal do tempo existia, de modo que a informação deve ser segredo. Fico pensando como é que os romulanos descobriram?

– Não sei... – Kirk deu de ombros e puxou McCoy para um lado, enquanto olhavam para Zar, apoiando a cabeça nas mãos, exausto. – O que acha, Magro?

– Não sei, Jim. Precognição? Clarividência? Empatia com o terror de seus amigos? Não posso formular uma hipótese sem mais dados.

A boca do capitão apertou-se.

– Está começando a falar como o pai dele. Preciso voltar à ponte. Enquanto isso, descubra tudo o que puder. Poderá ser útil.

Depois que Kirk saiu, McCoy deu a seu paciente outra xícara de café.

– Sentindo-se melhor?

– Sim. Mas mal posso acreditar. Conversei com eles há poucas horas... Depois, vê-los daquele jeito... – Deixou a xícara de lado.

– Mas você não estava lá. Não poderia ter visto... – McCoy parou.

– Sim, eu vi. Na sua mente, quando o senhor me tocou.

– Lamento muito. – McCoy perscrutou o rosto à sua frente e percebeu que as feições estavam mais magras, mais abatidas que há sete semanas. Esta nova maturidade o fazia parecer menos humano, mais como... – Zar, quando começou a ter essas sensações, sentir-se mal?

– Quase na mesma hora em que me despedi de Juan e Dave. Depois comecei a desenhar e retratei a dra. Vargas. Tentei esquecer tudo isso, mas sempre voltava à minha mente, ficando mais forte, e, por fim, desmaiei por causa da dor. Quando voltei a mim, estava bem. Só depois, enquanto estava conversando com… uma pessoa, percebi o significado daquele mal-estar.

– Quando foi o pior momento?

– Coisa de duas horas e meia depois que o grupo de terra desceu.

Foi quando morreram… pensou McCoy, lembrando-se do exame que fez nos cadáveres.

– Isso já lhe aconteceu antes?

O rosto do rapaz ficou assustado.

– Quando ela… morreu, há sete anos. Eu tinha quase esquecido. Queria esquecer. Foi por isso que não associei as duas coisas… nunca funcionou comigo. Quando a vitha quase me matou, não tive nenhum aviso. Mas, quando ela caiu no precipício… Eu estava caçando por ali… Estava a uns oito quilômetros de distância. Senti o aviso: enjoei, a cabeça doía e o estômago também. Sabia que algo estava errado. Comecei a correr de volta… Estava no meio do caminho quando a dor veio e sabia o que tinha acontecido, então. Desmaiei… Quando cheguei lá, era muito tarde… Ela já estava… estava morta havia uma hora, pelo menos…

McCoy balançou a cabeça, sem encontrar palavras. Zar ficou ali sentado um pouco, a expressão ausente, depois voltou-se para o médico.

– Quando percebi que estava me sentindo do mesmo modo que quando minha mãe morreu, sabia que algo devia ter acontecido com meus amigos, e não havia nada que pudesse fazer. – As mãos dele cerraram-se. – Isso é o pior. Saber que vai acontecer e não ter nenhum meio de impedir. E também… como posso conviver com isso? Sempre que gosto de alguém, e essa pessoa morre, eu também sinto?

– Quanto mais versado você se tornar nas técnicas vulcanas de controle mental, melhor você vai se sair – respondeu-lhe McCoy. – Não é grande conforto no momento, eu sei. Aliás, se tiver mais dessas... sensações, conte para mim ou para o capitão.

– Está bem.

– Agora é melhor sair daqui e dormir um pouco. Parece que é o que lhe falta. Quanto a mim, tenho muito trabalho desagradável pela frente.

Zar concordou e saiu. McCoy pegou avental e luvas no almoxarifado e foi à sala de patologia, num estado de espírito nada bom.

– Com que então, temos um problema. – O capitão deu alguns passos à frente da mesa da sala de reuniões. – Sabemos que os romulanos ativaram um dispositivo de camuflagem de alcance planetário, e isso rodeia o Guardião. Enquanto estiver ligado, não poderemos determinar se os romulanos estão ou não dentro do seu campo de proteção. Também não fazemos ideia de quantos são. Se mandarmos um destacamento lá para baixo e tentarmos invadir o acampamento, poderemos estar nas garras deles, assim que chegarmos... e na mais total inferioridade numérica. Spock calculou a área atingida pelo dispositivo de camuflagem. É grande o bastante para esconder uma tropa de tamanho considerável. Cada momento que passa, é mais tempo que os romulanos têm para usar o Guardião. Nossos instrumentos pouco ajudam, exceto para nos dizer o tamanho do campo. Francamente, estou surpreso que eles ainda não tenham usado o Portal, mas ainda estamos aqui, então devo presumir que não fizeram nada. Sim, tenente? – Seu olhar dirigiu-se a Uhura.

– Capitão, o senhor está baseando muito do seu raciocínio na premissa de que os romulanos sabem o que é o Guardião e de sua capacidade de transporte temporal. – Uhura estava pensativa. – Talvez devêssemos reconsiderar. Há... quantas pessoas? Talvez vinte, em toda a Federação, incluindo nós cinco, que sabem sobre o Guardião. *O que o faz pensar que os romulanos sabem a respeito dele?*

O vozerio logo encheu a sala. Uhura levantou a mão para pedir silêncio e continuou:

– Se os romulanos sabem dos poderes do Guardião, isso implicaria falha de nossa segurança. Pelo que a Frota Estelar sabe, não houve nenhuma falha. – A mulher negra inclinou-se, concentrada. – Tampouco acredito que houve falha de segurança. Não creio que os romulanos saibam o que é o Guardião. Acho que souberam apenas que estávamos guardando este planeta, com algum objetivo. Provavelmente, presumiram que a Federação estava protegendo algum segredo militar, escondido aqui em Gateway. Algo feito pelo homem, uma instalação de alguma espécie. Por que mais se designaria uma guarda permanente de uma nave estelar para um tição queimado como esse planeta? – Uhura parou e depois retomou: – Recordem como foi a primeira vez que desembarcamos aqui... O sr. Spock localizou o Guardião com seu tricorder e com os sensores de bordo. A tecnologia romulana, felizmente, não é cientificamente tão avançada quanto a nossa. Militarmente, eles são fortes, mas não têm curiosidade intelectual. O portal do tempo também não responderá, a menos que façam alguma pergunta... Aposto que estão tão ocupados procurando algum tipo de arma ou espaçonave que ignoraram as ruínas, inclusive o portal do tempo.

Houve um segundo de silêncio. Spock concordou, dedos postos uns contra os outros:

– Linha de raciocínio extremamente lógica, tenente. Estou inclinado a concordar, pois sua teoria se encaixa com todos os fatos disponíveis. – O olhar do vulcano era grave. – Entretanto, não podemos apostar que fiquem sem perceber o Guardião por muito tempo. Mais cedo ou mais tarde, vão descobri-lo. E, quando o fizerem...

O capitão meneou a cabeça.

– Precisamos impedir isso. Mesmo que signifique usar os phasers da *Enterprise* e da *Lexington* para acabar com o planeta. Temos menos de treze horas antes que a frota romulana chegue. Nossas naves também estão se aproximando, mas não podemos nos arriscar com nada.

As fisionomias ao redor da mesa eram eloquentes por si sós. Os olhos de Kirk estavam neutros.

– Sei que a perda para o Universo seria grande. O conhecimento científico e histórico nunca poderia ser recuperado. Mas há outro perigo também. O Guardião pode ter seu próprio sistema de defesa. Qualquer tentativa de destruí-lo poderia acabar com todos nós, romulanos e humanos, indistintamente. E, mesmo que não tenha defesas, sua fonte de energia deve ser tão inimaginavelmente grande que sua destruição significaria o fim de todo o setor. Não importa como consideremos a situação, os riscos são grandes. Se for necessário destruir o planeta, apenas assumo a responsabilidade. Não quero apontar nossos phasers para o Guardião, mas poderá ser a única escolha. – Parou à cabeceira da mesa e, depois de uns momentos, endireitou os ombros e disse: – Dispensados!

TREZE

Diário do capitão, data estelar: 7340.37

Continuamos em alerta amarelo esperando a chegada da frota romulana e dos reforços da Federação. Nas próximas doze horas, preciso proteger o portal do tempo contra uso não autorizado ou destruir Gateway. A única solução possível que posso imaginar exige quebrar a Ordem Geral Nove. A esta altura, tenho pouca escolha. Kirk desligando.

O capitão desligou o botão de gravar e recostou-se melhor em sua poltrona, olhando com saudades para o seu catre. Então, pediu outra xícara de café e abriu um canal do intercomunicador.

– Spock falando.

– O dr. McCoy já falou com você sobre o que aconteceu na sala de transporte quando o grupo de terra voltou?

– Não, capitão.

– Zar estava lá. De alguma maneira, ele sabia, sem que ninguém lhe contasse, o que tinha acontecido lá embaixo. Sabia que o grupo de terra fora exterminado. Você o viu depois disso?

– Não.

– Ficou extremamente abalado. Aparentemente estava ligado a seus amigos, Córdova e Steinberg, e sofreu a experiência da morte deles. McCoy sugeriu precognição ou mesmo clarividência. Alguma ideia?

167

O vulcano foi lento para responder:

– Não, capitão. As qualidades que o senhor mencionou não são desconhecidas entre os telepatas, mas eu nunca tive experiência direta com elas, exceto uma vez...

– Lembro-me. *A Intrepid*. Pelo que me recordo, foi doloroso.[10]

– Sim. O senhor o viu na sala de transporte?

– Sim. Disse que o choque inicial o fez desmaiar, mas, quando nos viu, estava culpando a si mesmo por não ter nos avisado em tempo de salvá-los. Parece que ficou se sentindo mal por algumas horas depois que os outros morreram.

– Está na enfermaria agora?

– Não. Por isso estou falando com você. Não consigo localizá-lo, mas gostaria de fazer-lhe algumas perguntas sobre essas suas habilidades. É verdade que ele pode sentir a presença de outras formas de vida, sintonizando em suas emanações emocionais? Sem ter contato físico?

– Sim, muito embora a forma de vida precise estar razoavelmente adiantada na escala evolutiva. As formas de vida inferiores, como insetos, experimentam pouca emoção que seja traduzível em termos racionais.

– Foi o que pensei. Muito bem. Dê ordem ao sr. Scott para substituí-lo e venha até minha cabine. Traga Zar com você. Kirk desligando.

O vulcano desligou a chave do intercomunicador com a testa franzida, e a franziu mais ainda quando não recebeu resposta do alojamento de Zar. Tentou o ginásio, a biblioteca,

---

10 Durante uma missão, Spock pressentiu de uma grande distância a morte dos oficiais da nave estelar *Intrepid*, inteiramente tripulada por vulcanos. ("Síndrome da imunidade", temporada 2.) [N. de T.]

a sala de recreação. Nada. Ao passar o comando ao engenheiro-chefe, dirigiu-se à sua própria cabine, seguindo o que Kirk chamaria de "palpite", e Spock achava ser dedução lógica...

A porta abriu-se, mostrando tudo o que lhe era familiar: catre, poltrona, microleitora, fitas, tudo normal... Os olhos interromperam sua revista, focalizando uma forma imóvel no chão do quarto, meio escondida pela cortina carmesim.

Por um pequeno momento, ficou imóvel, incapaz de fazer seu corpo mexer-se, depois, como se suas pernas tivessem tomado a iniciativa, dirigiu-se, sem querer, até aquele vulto de preto. Ao inclinar-se, os dedos se curvaram para tocar aquele ombro. Zar estremeceu, resmungou e acordou.

A voz do vulcano estava embargada de alívio:

– O que está fazendo aqui?

O rapaz estava obviamente constrangido.

– Não conseguia ficar no alojamento. Estava tão... vazio. Então, voltei aqui para devolver a fita sobre a história de meu planeta, e resolvi ver aquela fita sobre a arte de Vulcano. Depois de algum tempo, fiquei cansado. Não esperava que o senhor voltasse. Não está de serviço?

– Sim. Mas por que não usou o catre?

Os olhos cinzentos admiraram-se.

– O catre é seu, não meu. Além do mais, posso dormir em qualquer lugar.

Uma sobrancelha levantou-se.

– Obviamente. Levante-se. O capitão quer vê-lo. Vamos.

– Eu?

– Na verdade, a nós dois. Não sei por quê.

Kirk estava começando outra xícara de café, esfregando os olhos, que pareciam cheios de areia pelo cansaço, quando o sinal da porta piscou.

– Entrem! – E apontou as poltronas para os visitantes. – Sentem-se, por favor. Tenho algumas perguntas e uma proposta. Reclinou-se em seu catre, ainda segurando o café, enquanto dois pares de olhos, um inquisitivo, o outro, reservado, fitavam-no.

– Zar, você pode dizer se uma forma de vida está perto de você, sem que possa vê-la?

O jovem assentiu.

– Já fiz isso com todas as formas de vida que encontrei.

– Pode bloquear sua mente como Spock? Por exemplo, bloquear a dor e impedir que leiam sua mente com drogas ou coisa parecida?

– Posso bloquear minha mente de modo que nenhum telepata possa lê-la contra a minha vontade. Essas outras coisas… não sei.

Spock ergueu a sobrancelha.

– Ele tem um escudo mental natural de ordem elevada. O bloqueio da dor e resistência a drogas são técnicas que requerem muito estudo, disciplina e controles fisiológicos que ele não tem. Possivelmente, com um instrutor mais qualificado, poderia desenvolvê-las. Não estou preparado para tanto.

– Mas a mente dele não pode ser lida contra a vontade, por fusão mental? – Kirk inclinou-se.

– Não, da mesma forma que a minha. – O vulcano parecia um tanto incomodado.

– O que sabemos sobre a capacidade telepática dos romulanos?

– Quase nada, capitão. Ela existe, mas, em que grau, é impossível especular. Capitão, só há um motivo lógico pelo qual esteja fazendo essas perguntas... E a resposta é "não".

Kirk retrucou:

– Eu não lhe pedi nada, não é?

Zar olhou perplexo para os dois oficiais.

– De que estão falando? Capitão, qual é a sua proposta?

– Spock já lhe falou sobre o dispositivo de camuflagem que os romulanos instalaram em volta do local do Guardião?

– Não, não me disse nada. Obviamente os romulanos não usaram o portal do tempo, pelo menos de maneira discernível para nós... Porém, isso levanta uma questão interessante. Nós perceberíamos se a história mudasse à nossa volta? Talvez nós simplesmente nos ajustássemos às mudanças do tecido da existência à nossa volta, sem saber... Imagino como seriam as equações para tal problema...

Spock interessou-se.

– Conceito fascinante. Hipoteticamente, se...

O capitão ergueu a mão.

– Detesto interromper, mas, enquanto vocês ficam aí sentados discutindo a lógica da questão, o *continuum* pode mudar. Zar, a situação é a seguinte... – Kirk prosseguiu, delineando o problema, e concluiu: – ... por isso precisamos penetrar nesse dispositivo de camuflagem e, de alguma forma, proteger o Portal antes que os romulanos o descubram. Para fazer isso, será necessário entrar no perímetro do campo de camuflagem.

O jovem ficou pensativo.

– E o senhor quer que eu entre dentro desse dispositivo, porque posso sentir a presença dos romulanos, sem vê-los; está certo?

– Você pode fazer isso?

Os olhos cinzentos começaram a brilhar.

– Tentarei, senhor. Uma vez lá dentro, sem ser apanhado, o que faço com o portal do tempo?

– Aí entra Spock. Ele imaginou uma maneira de instalar um campo de força em torno do Guardião que impediria a entrada dos romulanos, mesmo que o descubram. Quando conseguissem romper o campo, os nossos reforços já estariam aqui.

– Sim, senhor. Quando partimos?

– Não vamos a lugar nenhum. – O vulcano também estava de pé, e aquela frase, em tom neutro, era, no entanto, um desafio. – Pelo menos, você não. Sou perfeitamente capaz de instalar esse campo de força sozinho, capitão. – Sem virar a cabeça, acrescentou: – O senhor com certeza sabe que está violando a Ordem Geral Nove sobre requisitar assistência civil?

– Estou fazendo a única coisa possível para proteger o Guardião que não envolva a destruição de todo o planeta. Estou disposto a quebrar a Ordem Geral Nove para isso.

– O senhor não pode tomar essa decisão, capitão. – Os olhos de Spock encontraram os de Kirk, e a expressão deles fez o capitão piscar antes de endurecer sua própria posição. A voz do vulcano era ríspida:

– Zar, volte para seus aposentos.

– Não, senhor. – Algo naquele tom frio e calmo fez os dois oficiais voltarem-se para ele. – Tem razão, não é ele quem deve tomar a decisão. Sou eu. E eu vou.

– Não – o vulcano insistiu. – É muito perigoso. Não posso permitir. Irei sozinho.

– É aí que o senhor se engana. Irei sozinho se necessário. O capitão pode arranjar alguém para instalar o campo de força, mas não pode arranjar alguém que passe por aquele campo de camuflagem e avise sobre os inimigos, uma vez lá dentro. Seria, aliás, melhor se eu fosse sozinho. Então não precisaria me preocupar com o senhor me atrasando.

– Chega de discussão – Kirk interrompeu. – Ou vão os dois ou não vai ninguém, e começarei a destruição. – Spock voltou-se para ele, e os olhos do vulcano fizeram o capitão cerrar os punhos. – Spock, sei o que você está pensando. Mas não tenho escolha! Sacrificaria qualquer pessoa a bordo desta nave, começando por mim mesmo, para impedir que os romulanos tivessem uma chance com o portal do tempo. É meu dever. Ninguém, nem mesmo você, pode interferir nisso. – Olhou para Zar e continuou: – Vou mandar Zar, porque ele quer ir, e só ele tem essa... percepção, seja lá o que for, e, portanto, é quem tem a melhor chance de ir até lá e voltar vivo. Estou pedindo que você vá também porque pode protegê-lo melhor que ninguém. Se preferir, enviarei Zar e alguém mais. Pense bem. Não temos muito tempo.

Spock virou-se para Zar, que estava de pé, calmamente, mãos na cintura, num desafio declarado. O imediato rapidamente disse uma frase numa língua que Kirk presumiu ser vulcana. O queixo do jovem ergueu-se, e ele respondeu de maneira igualmente agressiva, na mesma língua. Spock apertou os lábios, depois concordou, relutando muito.

Sem mais palavra, o jovem deixou a sala. O capitão falou com seu imediato:

– Bem, quem ganhou?

– Ele vai se preparar. – Spock não o encarou. Kirk sabia que o vulcano estava tão irritado quanto poderia estar consigo e com o jovem.

– Gostaria que houvesse outra maneira, Spock. – O capitão suspirou. – Bem, pelo menos, não vai demorar muito. Em uma hora, ou duas, lá fora, vocês estarão de volta, e o Guardião estará seguro. – Depois disse: – Foi preciso coragem para enfrentar você, como ele fez.

– Foi o mais completo desrespeito.

– Não creio que tenha sido intencional... – Kirk lembrou-se do rosto de Spock quando Zar mencionou que só iria atrasá-lo. – Mas ele é atrevido... Eu era assim antes. – Sorriu com a lembrança. – Meu velho sofria um bocado tentando me disciplinar, mas nada funcionou. Seu pai teve o mesmo problema?

O vulcano ergueu uma sobrancelha espantada, reconheceu o sorriso de Kirk e desistiu.

– Os métodos vulcanos funcionavam comigo... usualmente.

– Bem, se quiser, quando isto acabar, posso chamar um esquadrão da segurança, e poderemos nos revezar dando umas palmadas nele.

O capitão estava esperando quando os dois voluntários, vestidos com o mesmo uniforme escuro, macacões isolantes, entraram na sala de transporte. Observando-os a prender seus phasers e comunicadores, surpreendeu-se mais uma vez com as semelhanças entre os dois, tanto quanto com as diferenças. Os dois moviam-se com facilidade, com graça, mas os gestos de Spock eram econômicos, precisos, enquanto os de Zar eram... felinos? Kirk rejeitou a palavra, mas não podia encontrar outra melhor.

Quando puseram-se sobre as plataformas do transportador, Spock segurando a unidade portátil do campo de força, o capitão acionou algumas chaves e houve um zumbido em resposta.

– Lembrem-se! Vocês têm doze horas para montar essa unidade e voltar para as coordenadas em que descerão, antes que nós comecemos a desmantelar o planeta. Se ficarem por lá...

– Entendido, capitão – respondeu Spock. Um segundo depois, e os dois vultos tremeluziram, desaparecendo.

Gateway estava em silêncio, exceto pelo vento, e mesmo este parecia estranhamente mais silencioso. As ruínas, sempre presentes, os cercavam, enquanto caminhavam cuidadosamente sobre as pedras e fragmentos de edifícios caídos. A areia de cinza prateada, cheia de lascas de sílica, era muito fina e não conservava suas pegadas. Em minutos, todos os traços de sua passagem desapareceriam.

Spock consultava o seu tricorder com frequência e, por fim, deu sinal de parar.

– O campo de camuflagem deve começar aqui bem à nossa frente.

Zar prestou atenção, mas não conseguia ver nada, senão mais pedras e prédios caídos: uma imagem refletida do que estava atrás deles, mesmo que seu senso de direção lhe dissesse que o Guardião estava a cerca de 40 metros à frente. Forçou a vista e percebeu, mais do que viu, um tremeluzir no ar, à frente.

– Posso ver.

– Sim. Pode sentir alguma coisa do outro lado do campo?

– Dois, talvez três, perto do Guardião. Precisamos nos aproximar, em diagonal, da esquerda.

Mesmo que a percepção de Zar lhe dissesse que o caminho à frente estava livre, rastejavam para cruzar a barreira de camuflagem, poucos minutos depois. Os dois sentiram uma espécie de comichão, mas ele passou, à medida que avançaram. Spock ia ficar de pé, mas Zar agarrou seu braço.

– Não se levante. Estão por todo lugar aqui. Venha comigo.

O vulcano encontrou dificuldade para acompanhar o jovem, enquanto rastejavam de pedra a pedra. Eles mesmos estavam bem camuflados, com o corpo totalmente coberto com a areia fina, quando chegaram a um ponto de onde se podia avistar o Guardião.

Ao lado do monólito, ainda sem se manifestar, havia uma pequena espaçonave alienígena, de porta aberta. Os romulanos estavam ocupados em descarregá-la. Não davam atenção ao grande vulto de pedra, mas não havia modo de chegar perto do Guardião sem ser visto.

Spock fez um gesto brusco com a cabeça, dando uma ordem, e os dois se retiraram até ficar a uma distância segura. Zar localizou um nicho entre as pedras que lhes daria proteção contra a vista e contra o vento, e sentaram-se para esperar que os romulanos terminassem de descarregar a nave.

– Só podemos esperar que os romulanos sejam tão eficientes para descarregar uma nave quanto para tudo o mais – disse Spock. – Temos 11 horas e 24,3 minutos antes do prazo final do capitão.

Zar concordou em silêncio, e os dois ficaram sentados, ouvindo o vento, enquanto os minutos se arrastavam. O jovem usava sua percepção para vigiar a presença romulana, ocasionalmente levantando-se para olhá-los. Por fim, para não deixar que o sono o vencesse, voltou-se para o outro a seu lado.

– Estava lendo minha lição de biologia no outro dia...

– Sim?

– Havia uma discussão sobre híbridos... Eu sou um híbrido.

– Não. Eu sou. – Zar estranhou. – O senhor? Eu pensei...

– Eu sou meio humano. Não sabia? Pensei que McCoy havia lhe contado. Por que isso o surpreende tanto?

– A maioria dos híbridos é estéril... – O jovem pronunciou, arrependendo-se do que disse na mesma hora.

Imediatamente captou um fluxo de curiosidade e estranheza, mesmo que a voz de Spock em nada tivesse mudado.

– Mas eu não. Obviamente.

– Isso significa que sou apenas um quarto vulcano... Pensei que era meio vulcano. O senhor não mostra sinais de seus ancestrais humanos.

– Obrigado. – A estranheza aumentara.

– Qual dos seus pais é vulcano?

– Meu pai, Sarek, ex-embaixador na Terra e em vários outros planetas, inclusive no Conselho da Federação.

– Sarek, de Vulcano? Já li a respeito dele... Uma família extremamente antiga e respeitável.

– Sim. Um parentesco nada fácil de suportar.

– Mesmo assim, deve ser bom saber a quem pertence... Não importa aonde vá, existe um mundo que o reclama, e você é parte dele. Um lar. Sinto falta disso... – Zar interrompeu-se, engoliu em seco para aliviar o súbito aperto na garganta e teve uma visão de picos aguçados, cobertos de gelo e vales profundos. *A imagem que vi... o que significa?* Olhou de novo para o vulcano e deu-se conta de que ele o examinava atentamente, seu rosto apenas uma mancha entre as sombras. Aquele olhar fixo era desconcertante, e Zar apressou-se em olhar de novo para a nave. – Ainda estão descarregando...

Spock dirigiu-se a ele calmamente:

– Preenchi um requerimento de cidadania vulcana para você, encaminhado à líder da família, no dia em que voltamos de Sarpeidon. T'Pau sabe de sua existência. Você deve reclamar sua parte a ela se algo acontecer comigo.

Zar não gostou muito da sugestão, e sua voz ficou mais afiada do que era sua intenção.

– Se algo acontecer ao senhor, então não restará muita chance de que eu sobreviva também... Quanto tempo temos?

– Temos 11 horas e 12,3 minutos.

– Não sei se reclamaria minha parte, mesmo que fosse bom ter um... lar. As tradições sociais vulcanas, segundo li, são um tanto rígidas.

– Eu sei, as expectativas da família podem ser difíceis de se integrar com as ambições pessoais... suas necessidades. A família determina a maioria das escolhas em sua vida, ou, pelo menos, tenta. Carreira... até casamento. Espera-se que você preserve a sucessão... Sustente a tradição.

– Quer dizer, casar por encomenda? – A ideia era totalmente estranha ao jovem, e ele estremeceu. *Não haveria felicidade nisso: só o senso do dever.* Ironicamente, o rosto de sua mãe, lábios num sorriso de lembrança, brotou em sua memória, chocando-se contra a imagem que fazia do pai, desde sua conversa com Kirk, e imaginou, futilmente, qual seria a verdade. *Não pense nisso. Concentre-se em outra coisa.* – Casamento... eis aí uma coisa na qual nunca pensei. Quanto à sucessão, imagino que poderia ter filhos com uma vulcana... Ou talvez com uma humana?

– Não sei... Provavelmente... Mas você talvez não gostasse de se casar com uma vulcana.

– Por quê?

– Por causa do *pon farr.*

– *Pon farr?* – A tradução seria "tempo de acasalamento" ou "tempo de casar". – O que é?

Spock respirou fundo, e Zar podia perceber as emoções: embaraço, reticência. Então lhe contou, com voz calma, sobre o impulso de acasalamento que ocorria a cada sete anos e da loucura que dele poderia resultar... até chegar à morte, se o impulso fosse demasiadamente reprimido.

O jovem ficou estupefato.

– É assim que os vulcanos casam? – Seu próximo pensamento causou-lhe maior mal ainda. – Isso não vai acontecer comigo, vai?

O imediato estava examinando uma pedrinha sem nada de especial.

– Provavelmente, não – disse, sem erguer os olhos. – É causado principalmente pelo condicionamento racial. Você poderia sentir vestígios, mas duvido que experimentasse a loucura.

– Loucura... – Zar arrepiou-se. – O senhor já... já aconteceu...

– Uma vez.

Zar cerrou os dentes, tentando impedir-se de fazer a pergunta seguinte, mas a fez de qualquer modo, como se a pergunta tivesse vida própria.

– Isso foi com... – Engoliu em seco. – Quero dizer, quando...

– Não. – Esperava ressentimento do vulcano, mas não detectou nenhum naquela voz indiferente. Não sentiu nada nas emanações emocionais. – Aconteceu em Vulcano, há muitos anos.

– Então o senhor é casado... Não sabia. – Zar imaginou por um instante se tinha irmãos ou irmãs. *Legítimos*, parte de sua mente ironizou. Mas Spock balançou a cabeça.

– Não. Minha pretendida esposa declinou da oferta. Não ocorreu nenhum casamento. – A pedrinha caiu, afastando a areia cor de cinza. – Ainda estão descarregando a nave?

Os olhos cinzentos estreitaram-se, Zar concentrando-se em movimentos que não podia ver.

– Sim. Quanto tempo falta?

– Onze horas e 5,5 minutos. – Spock apanhou a mesma pedrinha e encarou seu companheiro. – Tem mais alguma pergunta sobre... o que estávamos discutindo? São coisas que você deveria saber, mesmo que eu nunca tenha pensado em ter o que McCoy chamaria de "uma conversinha de homem para homem".

Zar não entendeu a referência nem o tom depreciativo. Havia outra coisa a incomodá-lo. Depois de um tempo calado, arriscou uma pergunta:

– Só a cada sete anos?

De novo sentiu a mesma surpresa desconcertada, dessa vez, aparecendo na voz do vulcano.

– Você parece desanimado. Certamente, a esta altura, você deve saber se está limitado por um intervalo de tempo ou não... Mesmo para aqueles de nós que estão limitados, pode ser acelerado ou retardado sob certas circunstâncias. Às vezes, evitado inteiramente.

Desta vez, foi a voz de Zar que secou:

– Obviamente.

– Muito poucos não vulcanos sequer sabem que o *pon farr* existe. Não é assunto para conversas levianas. A maioria dos vulcanos prefere esquecer isso... tanto quanto possível.

– Entendo. – O vento manifestou-se em meio às ruínas, como o fantasma de uma onda morta há muito. Depois de alguns minutos, o jovem deu uma espiada na nave. – Agora só há dois deles. Quer tentar?

– Ainda temos tempo. Espere mais uns minutos. Quanto menos tivermos de enfrentar, melhores nossas chances de passarmos despercebidos.

Zar concordou, e sentou-se de novo, encostado na pedra.

– Já li sobre Sarek, mas nunca li nenhuma menção sobre sua esposa humana. Ela é da Terra?

– Sim. Enquanto ele era embaixador na Terra, casou-se com Amanda Grayson, uma professora.

– Professora? Que engraçado...

– Que quer dizer?

– A sua mãe e a minha foram professoras... Será que tinham alguma semelhança?

– Professoras, as nossas mães? – O vulcano reclinou-se contra a pedra e olhou para cima, para o céu perpetuamente salpicado de estrelas.

– As duas deviam ser parecidas. Sob certos aspectos, ela dava lições mais duras que o senhor. Só tínhamos um ao outro como companhia, mas eu não podia cometer nenhum erro de gramática sem ser corrigido.

– Isso parece minha mãe também. Algum dia acho que vai conhecê-la. – O pensamento veio acompanhado da sensação de estranheza.

– Por que está estranhando?

– Como pode perceber isso?

– Posso captar suas emoções. Quando está fisicamente perto e não há humanos para abafá-las. Os humanos são como ouvir o vozerio numa sala, às vezes, até mesmo gritam. O senhor é como um cochicho num salão... mas também posso ouvir um cochicho se não houver nada distraindo a minha atenção. – Zar retomou: – Suas emoções são nítidas. Não são misturadas como as humanas. O senhor sente uma coisa de cada vez, do jeito que o senhor pensa.

– Supõe-se que os vulcanos não sintam emoções – respondeu Spock, a voz distante.

– Eu sei. Porém, aposto que todos as têm. Não se preocupe. Posso bloquear se isso o incomoda... Esqueceu de me dizer o que era engraçado.

– Estava pensando em minha mãe. De repente, visualizei sua reação se soubesse que tem um neto de 26 anos. Considerando o ano de Sarpeidon em relação ao padrão da Terra, você, de fato, tem quase 28. Amanda talvez... – O vulcano balançou a cabeça, evidentemente representando a reação para si de novo.

Zar percebeu a surpresa, mais forte que antes. A curiosidade o consumia e perguntou:

– Afinal, qual seria a reação dela?

– Provavelmente a mesma que a minha, considerando que ela não é velha o suficiente para ter um neto da sua idade.

– Foi isso o que pensou quando me encontrou pela primeira vez... sobre o senhor e minha idade, quero dizer?

– Sim. – Spock notou a surpresa do jovem e reiterou: – É verdade. Que idade pensa que eu tenho?

– Não sei. Nunca pensei nisso... Velho o suficiente, acho.

– A situação é uma impossibilidade física.

– Ah!

Silêncio por alguns minutos. Então o vulcano disse, repentinamente:

– Há uma coisa que preciso dizer.

– O quê?

– Sobre o significado da palavra *krenath*.

Zar esqueceu-se de que mencionara a palavra a Kirk. Sentiu o rosto quente e gostou que o lugar fosse escuro.

– Na Terra, no passado, os humanos ilogicamente atribuíam a culpa da ilegitimidade aos filhos. Afortunadamente, a palavra "bastardo" agora não tem mais um sentido literal. Coloquialmente, é usada para denotar uma pessoa indesejável, por algum motivo. – Spock tomou fôlego, demoradamente, depois continuou: – Em Vulcano, onde a família é um dos fatores mais importantes da vida de uma pessoa, é diferente. Os *krenaths* são vistos como injustiçados pelos erros dos pais. Recebem todas as indenizações e compensações possíveis, incluindo todas as regalias em relação à família do pai e da mãe. Os pais é que são estigmatizados.

O jovem considerou por um tempo e sentiu a raiva sumindo. Percebeu o esforço que custara ao vulcano verbalizar aquela explicação.

– Então o senhor estaria admitindo uma quebra séria do... costume... ao me reconhecer?

– Sim.

Zar lutava contra a pergunta que lhe vinha à mente. Evidentemente, não era intenção do vulcano reconhecê-lo, pelo menos enquanto estivesse vivo. Embaraçado, ergueu-se para espiar, de novo, depois virou-se, mais animado.

– Já se foram. Só deixaram um guarda. Vamos adiante.

CATORZE

A ponte da *Enterprise* estava calma; a atmosfera era de expectativa silenciosa. Kirk, bem acomodado em sua poltrona de comando, bebericava outra xícara de café, que rapidamente pôs de lado ao endireitar-se e falar com Sulu. O jovem piloto reprimia um suspiro. A espera estava acabando com todos eles.

– Varredura subespacial completada, senhor. Sem sinal de naves se aproximando.

– Muito bem, sr. Sulu. Próxima varredura em 10 minutos. Depois encurte os intervalos, um minuto de cada vez.

– Sim, senhor.

– Tenente Uhura, já captou alguma coisa das naves da Federação que informe a hora provável de chegada?

– Não, senhor. Avisarei imediatamente, assim que souber. – Ela parecia um pouco agastada. Kirk percebeu que estava lhe dizendo como fazer sua obrigação, vício que normalmente evitava. Nada alimentava mais o descuido e ineficiência nos subordinados. Caiu em si, percebendo que a fadiga estava roendo sua capacidade de julgamento e sua eficiência.

Ouviu abrir-se a porta da ponte de comando, e logo McCoy estava a seu lado. Kirk percebeu que o médico estava contrariado.

– Que houve, Magro?

– Jim, procurei Zar em toda a nave. Não o encontrei. Ninguém o viu. Nem Spock. Sabe onde estão aqueles dois?

– Mandei-os a Gateway para instalar um campo de força em volta do Guardião. – A voz do capitão era baixa, calma.

– Você o *quê?* – O médico cochichava, mas Sulu olhou para trás e logo retomou aos seus controles de navegação.

– Sr. Sulu, assuma. Ficarei na sala de reuniões pequena com o dr. McCoy. Informe imediatamente se acontecer alguma coisa.

– Sim, senhor.

Em particular, McCoy repetiu sua pergunta, só que muitos decibéis acima. Kirk encarou-o.

– O senhor está perigosamente perto da insubordinação, doutor. Sugiro que se sente e cale a boca.

McCoy sentou-se e disse, num tom mais baixo:

– Desculpe. Não vai se repetir.

O capitão sentou-se do outro lado da mesa e sorriu.

– Não me leve a mal, Magro. Tudo está difícil para todos nós.

– Sim, mas conte-me. Acabei aquelas autópsias agora.

– Mandei Zar e Spock para a superfície porque Spock pode armar aquele campo de força mais depressa que qualquer um a bordo desta nave, com a possível exceção de Scott, que não posso dispensar se houver um combate. Enviei Zar, ou melhor, ele foi como voluntário, porque pode usar o seu poder para captar a proximidade dos romulanos.

McCoy olhou bem para ele.

– Jim, você deve saber que, se os romulanos não os matarem, aqueles dois vão matar um ao outro. A situação lá embaixo é bem explosiva.

– Entendo o seu ponto de vista, mas não tive escolha. Assim como não terei escolha, senão iniciar a destruição de Gateway, em cerca de dez horas e meia, se eles não tiverem êxito… estejam ou não de volta.

O médico ficou abismado.

– Você não faria uma coisa dessas.

– Sabe muito bem que sim. Mas não será necessário. Estarão de volta a qualquer momento. Mandei os dois melhores homens que poderia. Se eles não puderem fazer algo, ninguém poderá.

– Mas... Zar... não tem treinamento, não tem experiência militar. Os romulanos jogam duro. Se o prenderem, vai ser como com o grupo de terra.

– Ele tem mais treinamento e experiência em sobrevivência que qualquer um de nós. Poderia vencer a qualquer um de nós em reconhecimento de terreno difícil. Você mesmo disse isso, se é que me lembro. E, se os romulanos são uns selvagens, lembre-se de que o próprio Zar não é lá muito civilizado.

McCoy não se sentiu nada melhor com essas palavras. Kirk tentou argumentar:

– Fiz o que pude, Magro. Não fique com essa cara... Os outros vão pensar que o pai dele é você, e não Spock.

O médico respirou fundo.

– Tem razão, Jim. Desculpe se saí da linha. Fui à ponte realmente para falar a seu respeito. Já se olhou no espelho ultimamente? Parece Matt Decker[11] e logo vai começar a agir como ele. Precisa dormir. Agora: se arraste até uma cama ou vou precisar nocauteá-lo com uma injeção por quatro ou cinco horas... seis, seria melhor. Senão, vou declará-lo incapaz para o comando.

Kirk suspirou.

– Está me chantageando de novo, doutor?

---

11 Matt Decker foi o comandante da *U.S.S. Constellation*. Depois que sua nave foi atacada, ele se tornou o único sobrevivente e foi resgatado pela *Enterprise*. Exausto e neurótico, tentou tomar o controle da nave de Kirk. ("Máquina da destruição", temporada 2.) [N. de E.]

– Desculpe, Jim. Estou cumprindo o meu dever. Além do mais, não há nada que se possa fazer no momento, há?

– Ganhou, Magro. – Apertou o intercomunicador. – Sr. Sulu? Vou para minha cabine. Avise-me imediatamente se houver qualquer mudança na situação da patrulha ou se o sr. Spock chamar. Ele está na superfície de Gateway. Deverá pedir para subir a qualquer momento. Kirk desligando.

Levantou-se, fazendo um gesto para afastar o médico.

– Estou indo, Magro. E não preciso de injeção nenhuma. Deverei ser chamado em cinco horas, se Sulu não me chamar antes. Cinco horas: um minuto a mais, e você vai à corte marcial, entendeu? – Tentou abafar um bocejo e esfregou os olhos injetados.

– Sim, senhor! – McCoy ficou em posição de sentido, em seu melhor estilo militar falsificado.

O capitão comentou enquanto saía:

– Foi uma boa coisa você não precisar passar pela Academia...

– A porta da sala de reuniões fechou-se atrás dele.

McCoy sentou-se na poltrona de novo, apoiando a cabeça nas mãos. Contra a vontade, ficou pensando em olhos cheios de raiva, pretos e cinza e mãos fortes... Começou a praguejar, muito de mansinho.

▲ QUINZE

Spock e Zar avançaram cuidadosamente até estarem a cerca de 15 metros do guarda romulano. Estava de costas para eles, ao lado da nave, usando uniforme, todo empertigado, como um centurião. Exatamente a cada 5 minutos, percorria todo o comprimento do aparelho, olhando à sua volta, alerta.

O cochicho do vulcano era tão baixo que o jovem precisava prestar muita atenção para ouvir.

– Vá para a traseira da nave e faça um barulho, mas não muito alto. Eu tomo conta do guarda.

Zar resmungou rudemente:

– Isso é altamente ilógico, e o senhor sabe disso. Eu é que posso chegar lá e cuidar dele sem barulho. Sem barulho, não haverá outros romulanos. Espere aqui.

Spock quis agarrar o tornozelo de Zar, mas ele já se fora, desaparecendo nas sombras como se nunca tivesse existido. O vulcano forçou a vista e, por fim, percebeu o jovem, do outro lado da nave, escondido à sombra de um rochedo. Agachando, esgueirou-se em volta da fuselagem, e Spock viu algo brilhante em sua mão.

O centurião estava a meio caminho do seu percurso, quando Zar saltou. O movimento foi tão rápido que tudo estava acabado antes que o imediato percebesse bem o que estava acontecendo. Contra a sua vontade, seu cérebro reduziu a velocidade, tentando entender.

Zar deu um salto de gato, depois agarrou o queixo do guarda, puxando a cabeça para trás, cortou a garganta com a faca em um só movimento, bem rápido, e recuou, depressa, para evitar o sangue.

Spock levou talvez meio minuto para se levantar e percorrer aqueles 15 metros. Quando chegou perto de Zar, o jovem estava de cócoras, limpando a faca sobre aquele ombro que ainda estremecia. Ergueu a cabeça, olhos brilhantes, na penumbra.

Spock sentiu seu estômago embrulhando.

– Que vai fazer agora? Estripar e pendurar?

A luz feroz apagou-se um pouco dos olhos cinzentos.

– O quê?

– Você tirou uma vida... Não havia razão... Sem desculpa.

Zar mal olhou para o corpo ensopado em sangue, depois deu de ombros.

– Ele era um inimigo. O que importa a vida dele?

Spock cerrou os punhos, depois forçou-se a abri-los de novo. Suas palavras foram comedidas, pensadas.

– Você não tem o direito de se considerar vulcano se pode fazer isso.

O jovem não deixou de perceber a intenção, e seu rosto endureceu ao encarar o companheiro. Sua voz estava fria:

– Agi logicamente. Por que deixá-lo viver e arriscar que dê o alarme? Além do mais, ele e os outros mataram meus amigos... não tão bondosamente. Eles morreram bem devagar.

Spock sacudia a cabeça.

– A violência deles não desculpa a sua. Não havia razão para matar... Em Vulcano, a vida é preciosa... nunca pode ser devolvida ou substituída. Se eu fizesse ideia de que você pretendia... fazer isso... eu o seguraria. – Começou a afastar-se, depois parou. – Avise-me imediatamente se alguém se aproximar. – Seu olhar para o ccnturião era de nojo. – É melhor esconder esse corpo.

Zar cerrou os dentes, a ponto de os músculos do maxilar doerem, enquanto observava o outro caminhar para longe. Depois, engolindo em seco repetidamente, abaixou-se, embainhou a faca e pegou o guarda.

O oficial de ciências estava trabalhando há uma hora quando Zar, até então uma sombra imóvel em meio às sombras, de repente se aproximou. Parando ao lado do vulcano, sussurrou:

– Quanto tempo ainda?

– Aproximadamente 4 minutos para terminar estes ajustes, depois posso ligar a energia.

O jovem sacudiu a cabeça.

– Tempo demais. Precisamos nos esconder, sair daqui. Alguém vem vindo agora. – Os olhos cinzentos se fecharam um pouco, enquanto sua expressão se interiorizava, escutando.

– Mais de um.

Spock hesitou, depois retomou o trabalho.

– Vou ajustar, depois me esconder. Esconda-se!

– Não vou deixá-lo. Posso não ser um vulcano... mas não sou nenhum covarde. – De novo, o olhar ausente. – Não temos chance. São seis. Estarão aqui a qualquer momento!

O imediato rangeu os dentes, hesitou mais um segundo, depois levantou-se e escondeu a unidade com pedras.

– Vamos esperar que passem, depois voltamos. Vá para aquelas ruínas ali.

Correram. Ao chegarem às ruínas, havia uma pilha de pedras fantasmagóricas, que poderia ter sido um prédio desabado ou uma estrada ou qualquer outra construção, e subiram ao seu topo. Havia uma pedra maior sobre todas as outras, com um pequeno buraco debaixo. O suficiente para os dois.

Os dois homens podiam ver os romulanos por meio de uma fenda no fundo da grande pedra, que lhes dava visão limitada. Os seis soldados andaram por ali, confusos, procurando o guarda desaparecido. Depois, afastaram-se, e os dois, que estavam escondidos, dependiam apenas da habilidade de Zar de captar as emoções dos inimigos. Abaixaram-se, sem conversar, exceto quando o jovem fez um comentário.

– Estão desorientados.

Dois minutos passaram-se.

– Suspeita... pediram ajuda...

Mais 10 minutos.

– Vieram outros. Todos procurando.

Hora e meia.

– Surpresa. Choque. Raiva. Um deles o achou.

Agora podiam ver o inimigo passando para cá e para lá, perante a fenda na rocha, aos pares. Encolheram-se, mãos e rostos escondidos, agradecidos por suas roupas escuras, quando um romulano subiu na sua pedra e olhou casualmente para baixo, para seu esconderijo. Estava escuro, e ele não viu nada.

Seis horas e meia. Não falavam, só observavam, com mais e mais nervosismo, enquanto os soldados varriam as ruínas com a paciência de caçadores experientes. Zar tinha familiaridade com aquele tipo de paciência e sabia que os romulanos iriam continuar procurando até terem certeza de que os intrusos tinham ido. Naquelas ruínas, isso poderia levar muito e muito tempo.

Gradualmente, com o tempo passando devagar demais para os dois homens encolhidos naquele buraco, o número de romulanos dando busca diminuiu. Por fim, depois de 15 minutos sem sinal de ninguém, e Zar informando que não conseguia sentir nenhuma presença por perto, rastejaram para fora das pedras, endireitando os músculos adormecidos, aliviados.

– Quanto tempo falta? – Zar perguntou, temendo a resposta.

– Faltam 34,2 minutos até que o capitão inicie a destruição. A depender de onde comece, poderemos ter mais algum tempo até que o planeta se rompa. Mas não vou contar com isso.

– Mas não podemos nos apressar. Posso senti-los por todo o lugar...Mantenha-se abaixado e venha comigo. Vamos ficar escondidos sempre que possível.

Foram para a esquerda, rastejando devagar até o perímetro do campo do dispositivo de camuflagem. Por um acordo tácito, sabiam que qualquer tentativa de voltar ao Guardião seria suicídio.

Agachar e correr alguns metros, esconder-se atrás de uma coluna ou laje caída, examinar a região à frente, baixar, cair de quatro ou rastejar através de um espaço aberto, depois repetir tudo de novo...

Os dois eram tenazes, fortes, mas logo estavam se sentindo cansados. Spock concentrava-se em ignorar a dor que sentia nas mãos. Os dedos e palmas estavam esfolados, e o frio aumentava a dor. Não podia perder o tempo necessário para estabelecer os bloqueios mentais contra a dor, de modo que apenas aguentava.

Zar estava se saindo um pouco melhor. Com unhas e mãos endurecidas por anos de exposição ao ar livre, o frio não o afetava. A fome era diferente – as dores na barriga eram difíceis de ignorar. A fome, no passado, sempre fora uma coisa temível, e sua reação habitual dificultava concentrar-se em suas percepções do inimigo.

Já haviam percorrido quase meio quilômetro de terreno rochoso, antes de chegarem ao perímetro do campo, e sabiam que tudo tinha sido em vão.

Quem quer que estivesse comandando a força-tarefa romulana, não estava se arriscando com invasões. Guardas aos pares, postados em regiões abertas, ao alcance da vista uns dos outros... *e ao alcance do ouvido,* pensou Spock, tirando seu phaser só para olhá-lo e guardá-lo de novo. *Barulho demais, mesmo que só para atordoar. E o terreno aberto impossibilita uma emboscada...*

O vulcano voltou-se para o seu companheiro.

– Acha que pode correr o bastante para passar por eles, se eu lhe der fogo de cobertura?

Zar disse que não.

– Mesmo que pensasse que poderia, não iria nessas condições. Se nós dois disparássemos juntos...

– Barulho demais. O próximo par de soldados cairia sobre nós em segundos. Francamente, duvido que possamos correr mais que eles, mesmo com uma dianteira. Eles são romulanos... não humanos. Não teríamos nenhuma vantagem.

– Quanto tempo...

– 14,4 minutos.

Ficaram quietos, observando os sentinelas, mãos nas coronhas de suas armas. Spock sentia o passar dos segundos em sua mente e mordeu um lábio. Inexoravelmente, a equação foi-se armando em sua mente, e o único resultado para qualquer ação que iniciassem naquele momento seria a morte. Surpreendeu-se até considerando se a morte por um tiro de phaser seria preferível à morte pelo cataclismo quando o planeta fosse despedaçado e sacudiu a cabeça, frustrado. Precisava haver uma alternativa!

Quando percebeu que o jovem não estava mais ao seu lado, o vulcano rastejou para trás até encontrá-lo. Zar estava de cócoras, dedos escavando a pedra, respirando com dificuldade, o lábio superior coberto de suor.

– Vou morrer – o sussurro chegava até o vulcano como a matraca das folhas de *ipanki* ao vento. – Estou com medo... Eu os odeio... Vou morrer.

Spock ficou nauseado e, ao mesmo tempo, sentiu um impulso irracional de confortar o filho. Esticou a mão e sacudiu seu ombro devagar.

– Pare com isso, Zar.

– Ora, cale a boca! – Zar engasgou, ignorando-o. Resmungou de novo a litania: – Estou com medo. Eu os odeio. Vou morrer... morte... – Seu olhar fixava-se nos guardas, olhos arregalados, vidrados. – Morrer...

Seu corpo enrijeceu, as mãos que agarravam a rocha soltaram-se, e ele desmaiou.

Chocado, Spock ficou a contemplá-lo, depois, numa ação reflexa, olhou para os guardas. Estavam caídos, imóveis.

Devagar, como num pesadelo, foi até o corpo junto a si e tocou o pulso. Nada. Puxou a cabeça do filho para o colo, apalpou-lhe a garganta: um pulsar muito leve... Os dedos foram para as têmporas. Recorrendo à mente, concentrou-se e finalmente atingiu a atividade mental *kar-selan*. Secundária – fraca, muito fraca. Mas estava ali. Respirou fundo.

Sondando, procurando, chamando. O nome, repetidamente, pois, como dizia a magia antiga, o nome é a identidade. *Zar*

– *Zar* – Gateway desvaneceu-se, as pedras sumiram. A dor nas mãos se apagou. Zar...

Por fim... ele... tocou! *ZAR!*

Seu filho estremeceu e gemeu, sob suas mãos.

– Silêncio! – ordenou. – Você conseguiu. Fique deitado um pouco.

Spock respirou fundo mais uma vez, fechou os olhos momentaneamente. Quando os abriu, Zar estava olhando para ele, olhos cinzentos ainda turvos, sem foco.

– Pode se mover? O caminho está aberto, se formos com cuidado. Não temos muito tempo.

O jovem acenou, tentou falar, não conseguiu. Reunindo as forças, dentes enterrados no lábio, moveu-se.

– Bom... Com calma... Vamos... – Spock colocou um braço debaixo dos ombros do jovem, sopesou-o. As pernas de Zar dobraram-se, por um momento, depois firmaram-se. Foram cambaleando, passos incertos, passando pelos guardas. Nenhum dos dois olhou para os romulanos.

A uma pequena distância depois do perímetro do dispositivo, a resistência natural do rapaz começou a voltar. Sacudiu o braço do vulcano e passou a caminhar sozinho. Tinham só 5 minutos.

DEZESSEIS

Gateway estava quieto. Seus ventos sopraram só mais uma vez, como se adivinhasse sua extinção. Kirk, usando suas lentes, perscrutava a região pela quarta vez, e McCoy andava em círculos, contando os segundos mentalmente, com medo de olhar para seu cronômetro. Kirk examinou todo o lugar de novo, pegou seu comunicador, abriu o canal de chamada e ouviu os estalos, agora familiares, da distorção que fora sua única resposta nas últimas cinco horas. Cinco agonizantes horas depois que fora despertado, ainda cansado, para descobrir que não houvera nenhum sinal de Spock. Dando uma última olhada pelo horizonte, desistiu de usar as lentes e abriu outro canal.

– Kirk para *Enterprise.*

– *Enterprise.* Uhura falando.

– Tenente, prepare-se para teleportar o grupo de terra. Ordene ao senhor Scott... – Alguma coisa nas ruínas do acampamento dos arqueólogos chamou sua atenção. – Cancele. Teleporte o dr. McCoy e grupo de segurança. Irei daqui a pouco. Diga ao senhor Scott que fique pronto para iniciar a sequência de destruição 10. Kirk desligando.

McCoy virou-se rápido.

– Jim, eu preciso ficar... – Mas o feixe do transportador apanhou-o, e ele e o pessoal de segurança se foram.

O capitão avançou uns poucos passos para o edifício em ruínas e inclinou-se para apanhar um objeto que lhe havia atraído a atenção. O brilho da madeira envernizada, estragada por um arranhado e uma corda partida, mas ainda miraculosamente em boas condições, o Stradivarius da dra. Vargas. Kirk levantou-o, recordando-se da noite em que ouvira sua música, e carinhosamente envolveu-o num trapo que havia por ali. Segurando o violino debaixo do braço, pegou seu comunicador, hesitou e verificou o cronômetro. *Mais 2 minutos,* foi o que prometeu a si mesmo. Representava um minuto a mais do prazo fatal. Precisava combater o impulso de se atrasar ainda mais, reconhecia, depois que estes 2 minutos terminassem. Mas já lutara contra si mesmo antes, desde que se tornara capitão, e ganhara.

Kirk passou aqueles 2 minutos pensando em Spock, imaginando o que poderia ter acontecido. Incidentes diversos perpassavam por sua imaginação, relampejavam e sumiam, como os reflexos de uma correnteza. *Spock... pendurado de cabeça para baixo naquela árvore ridícula, sorrindo... inclinado sobre o painel de instrumentos... ou sobre um tabuleiro de xadrez... "Fascinante..." Um homem honrado em dois Universos... Spock... cambaleando em sua direção, todo sujo de poeira cinza...*

Os olhos de Kirk ficaram alertas, e começou a correr.

– Onde estiveram? O que os segurou? – O capitão agarrou o vulcano pelos ombros, sacudiu, depois amparou-o, pois não conseguia ficar de pé. – Não sabem como estou contente... – Parou, olhando para o companheiro de Spock, então apressadamente pegou Zar pelo braço, sustentando-o, pois mal podia se equilibrar. Movendo-se devagar, os três foram em direção ao acampamento.

– Preciso informar que falhamos, capitão. Não conseguimos ligar o campo de força. Infelizmente, eles desceram com uma de suas naves a poucos metros do Guardião, mesmo que pareçam não estar tomando conhecimento dele. Os romulanos voltaram antes que eu pudesse acionar a unidade, e fomos forçados a nos esconder enquanto revistavam o local.

Zar tropeçou e tirou o equilíbrio de Kirk. Apoiando-se melhor, o capitão ajudou o jovem a se recostar numa pedra grande e tomou seu comunicador.

– Kirk para *Enterprise.*

– *Enterprise.* Tenente-comandante Scott.

– Scott, encontrei-os, e com vida. Três para subir.

Uma pausa, em vez da esperada confirmação. Logo depois:

– Houve complicação aqui em cima, senhor. Acabamos de detectá-los em nossos sensores. As naves romulanas estão chegando depressa. Estarão ao alcance em menos de um minuto. Já ordenei que levantassem os escudos. Devo baixá-los para trazer vocês a bordo?

A voz de Kirk era urgente:

– Em circunstância alguma baixe esses escudos. Tente mantê-los longe. As naves da Federação deverão chegar a qualquer momento agora. Entre você e a *Lexington,* estará tudo bem. Já conseguiram consertar os escudos da *Lexington?*

– Sim, capitão. Acabo de falar com o comodoro Wesley. Não se preocupe, senhor. Estaremos bem. Não existe ainda a nave que fará o enterro da *Enterprise* num combate.

– Eu sei, Scott. Boa sorte. Avise-me assim… que puder.

– Scott desligando.

Kirk fechou seu comunicador, com um gesto forte.

– Bem, é isso aí. Estamos presos aqui embaixo, cavalheiros. Minha nave está lá em cima, lutando, e não estou com ela. Dez contra dois não é muito justo.

Spock contemplou a expressão sombria de seu capitão e disse:

– O tenente-comandante Scott é um bom oficial e ótimo tático. Ninguém conhece a *Enterprise* melhor, exceto você, Jim.

– Eu sei. Você tem razão sobre Scott. Suponho que a situação poderia ser pior, mas, francamente, não consigo imaginar como.

Os três ficaram ali sentados, por um pouco, depois Kirk levantou-se, reanimando-se.

– Trouxe alguns mantimentos. Estão com fome?

– Tem água? – Zar demonstrou interesse no que estava acontecendo pela primeira vez. Dividiram o que havia de água e rações de emergência sem dizer nada. Kirk observou o céu, como que procurando imaginar a batalha que deveria estar ocorrendo a milhares de quilômetros, espaço adentro.

– Capitão – disse de repente o vulcano. – Enquanto formos forçados a ficar aqui, a única coisa a fazer é voltarmos para ligar o campo de força. Com três phasers, temos uma chance muito maior.

Kirk olhou bem para ele.

– Está querendo dizer que três vezes zero não é mais igual a zero? No meu tempo de escola, ainda era. Se já deram o alarme, estarão esperando por nós. Será puro suicídio.

– Você está certo, mesmo que se exprima com exagero, capitão. Porém, agora que a frota romulana está aqui, não podemos nos arriscar com o equipamento de detecção mais sofisticado que o das naves de desembarque. Se o combate for desfavorável às duas naves estelares...

– Já estaremos mortos de qualquer jeito. Entendo sua opinião. Se pudermos ativar o campo de força, ganharemos mais tempo para a frota da Federação... O que poderia fazer toda a diferença. – O capitão colocou-se de pé. – Muito bem. Já descansaram o bastante?

– Sim – responderam as duas vozes. O imediato relanceou para Zar enquanto levantavam-se. A comida e água haviam ajudado, mas o jovem ainda estava pálido e com grandes olheiras.

Kirk olhou para os dois.

– Qual de vocês calculará nossas probabilidades desta vez?

Spock ergueu a sobrancelha, e algo rebrilhou nos olhos escuros.

– Desta vez, capitão, as probabilidades contra nós são de 3.579,045 para 1.

– Magnífico! Vai ser um piquenique!

Duas sobrancelhas ergueram-se. Zar perguntou:

– Piquenique, capitão?

Kirk gemeu.

– McCoy já havia previsto que isso aconteceria. Deveria tê-lo ouvido. Dois de vocês já é demais. Vamos, avante.

Zar concordou.

– Li um poema sobre uma situação como esta há umas duas semanas. Chamava-se "Horácio na…" – Então caiu, olhos revirando. Spock dera o seu toque vulcano e agarrara-o antes que caísse. Passando um braço debaixo dos joelhos do jovem, levantou-o com facilidade.

Kirk observou o vulcano, entendendo tudo, e um sorriso abrandou seu rosto.

– Mas isso vai piorar nossas probabilidades, sr. Spock.

O vulcano devolveu o olhar do amigo, neutro.

– Não, Jim. Isso já estava incluído nos meus cálculos. – Virando-se, foi para o prédio do acampamento. O capitão pegou os suprimentos e o violino, enrolado no trapo, e foi com ele.

Quando o alcançou, no acampamento arruinado, Kirk disse, em voz cuidadosamente medida:

– Espero que saiba como ele vai reagir ao acordar.

Spock concordou.

– Por isso estou me apressando. Não quero estar aqui quando ele voltar. Tem 13 quilos a mais que eu.

Kirk achou graça.

O vulcano pousou o corpo inconsciente dentro da estrutura semidestruída, procurou aqui e ali e veio com um cobertor chamuscado para pôr sobre o jovem. O capitão colocou sua trouxa ao lado do rapaz.

– Espero que ele leve consigo quando o feixe o levar para cima.

– O que é?

– O violino da dra. Vargas. Ele ainda tem o comunicador?

Inclinando-se, Spock revistou os bolsos do macacão do filho.

– Sim.

– Então vamos.

O imediato foi pelo mesmo caminho por onde viera com Zar alguns minutos antes. Cruzaram o campo de força no mesmo ponto, passando pelos dois guardas ainda caídos de bruços. Kirk olhou-os e sussurrou, enquanto apertavam o passo:

– Desmaiados?

Spock não olhou, e sua resposta chegou quase inaudível ao capitão.

– Mortos, eu acho.

– Você? – Kirk desviou de uma pedra e abaixou-se ao lado do vulcano para investigar o terreno à frente.

– Zar.

O capitão assobiou baixinho.

Levou apenas 5 minutos para o oficial de ciências ativar o campo de força. Os dois esconderam cuidadosamente a evidência exterior da presença do campo, depois voltaram para o perímetro do campo de camuflagem. Estavam quase passando quando ouviram um grito. Kirk parou.

– Devem ter encontrado aqueles guardas. Acho que é o fim, sr. Spock. Não quer recalcular aquelas probabilidades?

– Conheço um esconderijo. Por aqui, capitão.

Se não fosse pelo uniforme de Kirk, poderiam escapar mais uma vez. Um feixe dos faróis romulanos refletiu-se nos galões dourados, e foram os dois arrastados para fora de seu nicho apertado. Seus captores não perdiam tempo nem palavrório. Os dois oficiais foram amarrados e escoltados por uma guarda pesada até o acampamento romulano.

Kirk logo viu que era um acampamento grande e concentrou-se em memorizar sua planta. Nove barracas de *plasta* dispostas num círculo aproximado, com o que supôs ser um paiol de munição e víveres no centro. Duas naves, uma maior que a outra, do outro lado. A nave perto do Guardião já não estava mais lá quando ligaram o campo de força. Kirk esperava que o inimigo ainda não tivesse percebido o portal do tempo.

Um empurrão entre os ombros jogou-o para dentro de uma das barracas e mais um mandou-o direto ao chão rochoso. Ficou lá, rosto contra a areia, enquanto lhe amarravam os tornozelos, depois amarrado aos cordões que já prendiam seus pulsos. Um dos guardas o amordaçou, erguendo-lhe a cabeça pelos cabelos. Pelos sons abafados à sua esquerda, concluiu que Spock estava recebendo o mesmo tratamento. Uma venda seguiu-se à mordaça, depois o som de passos afastando-se. Um pouco de bom senso lhe dizia que Spock e ele não estavam sós. Deveria haver um guarda também. *Há alguém por aqui que não quer arriscar nada...*

Esticou suas cordas, mas abandonou a tentativa. Quem o havia amarrado era um especialista e também tomara a precaução de passar um laço por seu pescoço. Qualquer esforço para se libertar e estaria estrangulado. Privado de impressões sensoriais, Kirk combateu o impulso de especular sobre seu destino ou o de sua nave. A *Enterprise* estaria bem. Precisava acreditar nisso ou estaria acabado antes mesmo de a luta começar.

Depois de curto intervalo, ouviu passos atrás de si novamente, depois uma mão puxou-lhe a cabeça para cima. A venda foi baixada, Kirk sentiu-se ofuscado pela luz repentina. Um suspiro suave, depois uma voz... um tanto familiar:

– Desamarrem-no e removam a mordaça. Virem o vulcano para que possa assistir.

Logo depois, estava livre, esfregando os pulsos, olhos se ajustando à iluminação da barraca. Via um vulto à frente, esbelto, rosto afilado e insígnia de comandante. Kirk piscou, estreitou os olhos. A voz, quase familiar, veio de novo:

– Não está me reconhecendo, capitão Kirk? Eu o conheço. O Império Romulano não tem nenhuma simpatia pelo senhor, e eu, menos ainda. Temos uma diferença pessoal para acertar. O senhor destruiu minha honra de comandante. – Endireitou-se e o saudou formalmente. – Comandante Tal, a seu serviço.[12]

O romulano moveu-se e foi inspecionar Spock.

– Comandante Spock, o Império Romulano certa vez emitiu uma ordem para sua execução, sob acusações de traição e sabotagem. Essa ordem nunca foi revogada. – Tal começou a andar por toda a extensão da barraca, ainda falando: – Sua prisão foi afortunada, pois parecia que nossa missão

---

12 Tal era o primeiro oficial de uma nave romulana que teve seu dispositivo de camuflagem capturado por Kirk e Spock durante uma missão secreta de espionagem. ("O incidente *Enterprise*", temporada 3.) [N. de T.]

iria fracassar. Não conseguimos localizar as instalações da Federação neste planeta. Nada, senão um grupo de fracos arqueólogos cavando por essas ruínas intermináveis. Muito esperto por parte da Federação de Planetas disfarçar um segredo militar dessa maneira... Mas vocês se traíram quando designaram a patrulha de uma nave estelar em tempo integral.

O comandante romulano fez um sinal de cabeça, e um atarracado centurião postou-se à frente de Kirk, sacudindo os braços a seu lado. O comandante Tal continuou, logo depois:

– Capitão Kirk, respeito sua inteligência. O senhor sabe que somos fortes. Orgulhamo-nos por ser a força militar que governará esta galáxia. E muito cedo. Isso porque agimos, não por crueldade, como os Klingons, mas por eficiência. Dito isso, vou lhe contar o seguinte: vamos ser eficientes quanto a essa questão também. O senhor já sabe que mandarei matá-lo se não me contar o que a Federação está escondendo aqui. Sua morte será, desnecessário dizer, desagradável. Tenho certeza de que o senhor percebe que isso é até eufemismo. Por que não me conta desde já, e prometo-lhe, por minha honra de soldado, que o deixarei vivo. Poderá até mesmo voltar para seu povo, sem grandes consequências, mas isso já não posso garantir. Mas o senhor viverá e ainda poderá gozar a vida. Vou dar-lhe dois de seus minutos solares para pensar.

Tal esperou, pacientemente. O silêncio se arrastando, e, depois, o romulano voltou.

– Sua decisão, capitão?

Kirk olhou para ele, contraindo os músculos, esperando pelo que iria acontecer. Tal deu sinal, não sem algum prazer, e disse ao musculoso soldado:

– Não machuque a cabeça. Quero que ele possa falar. – O guarda obedeceu, resmungando, e fechou o punho. Depois do terceiro murro, os joelhos do capitão dobraram-se. Ficou caído nos braços dos guardas, engasgado, braços tentando se amparar na barriga, até que o jogaram ao chão de novo. Tal fez um gesto de desprezo, e os guardas foram remover a mordaça do vulcano.

A voz do romulano mudou de monótona e impessoal para mais fria:

– Comandante Spock, agradar-me-ia, de maneira toda especial, vê-lo receber o mesmo, mas sei que seria inútil. Os vulcanos sabem bloquear a dor e mesmo se autodestruírem para não trair um segredo. É impossível para nós arrancar o que o senhor não quer nos dar; mas talvez decida ser razoável... – Olhou para Kirk, depois de volta ao imediato. – Conte-nos e poupe o seu capitão. Caso contrário, ele vai morrer perante seus olhos, sabendo que o senhor poderia salvá-lo, mesmo que não salve a si mesmo.

Spock permaneceu com uma expressão de pedra, olhando para o joelho esquerdo do oficial romulano. Tal fechou o punho.

– Você não tem nenhuma lealdade, vulcano? Não se importa com seu capitão, como não se importou com meu comandante... – Sua mão ergueu-se, tremeu, depois sacudiu a cabeça. – Esperarei ansioso por sua morte. – Parou, depois retomou, mais calmo. – Diga-me, qual de vocês matou meus guardas? Francamente, duvido que o capitão tivesse força para sobrepujar um romulano bem treinado. Deve ter sido você. E os outros dois? Se me contar o que mata e não faz barulho nem deixa marca, poderei pelo menos interceder por você...

Silêncio.

– Muito bem. Amarrem-nos de novo.

Os guardas romulanos entraram em ação. Quando os dois oficiais da Federação estavam de novo amarrados, amordaçados e de olhos vendados, Tal disse:

– Acho que consegui convencê-los de que estou falando sério. Vou deixar vocês pensando no seguinte: voltarei daqui a pouco, com um dispositivo que foi recentemente desenvolvido por nossos cientistas. Tão novo que nunca foi testado num humano. Há, eles me disseram, uma pequena chance de que seus efeitos sejam permanentes. O dispositivo é um excitador neural, que pode ser ajustado para gerar pulsos para o sistema nervoso. É capaz de gerar diversos graus de sensação, de uma coceira até a dor sentida por alguém que é queimado vivo.

Tal cutucou Kirk com o pé.

– A vantagem desse dispositivo é que todo o efeito é causado por pulsos elétricos e submotores. A vítima nunca é fisicamente ferida. Nos testes, animais e... voluntários humanoides pareceram enlouquecer. O dispositivo pode ser usado repetidamente, sem reduzir sua eficiência. O que sentirá, capitão, vai fazer você me contar tudo. Não haverá fim para a dor nem mesmo a morte, como com os seus cientistas. Gostaria que o Busca da Glória tivesse chegado para que o usássemos ontem... Não haveria necessidade de tudo isso hoje.

Depois disse, bem calmo:

– Você conhece os seus limites, Kirk. Mesmo o mais corajoso dos homens tem um limite, e você vai conhecer o seu. A única questão é quando e o quanto você pode resistir. Pense nisso.

▲ DEZESSETE

A *Enterprise* estava sendo surrada. As naves romulanas a cercavam, atormentando-a por todos os lados, como fariam com uma leoa ferida, mas tomando o cuidado de ficar longe de suas garras. Ela já destruíra duas, e a *Lexington* apanhara mais uma, mas seus defletores de boreste já estavam acabados. Mais um tiro que a acertasse, e seu casco lustroso seria arrebentado. Wesley estava mantendo a *Lexington* cuidadosamente posicionada para cobri-la contra um assalto de boreste, mas seus defletores de proa também estavam em más condições.

O engenheiro-chefe, Scott, prudentemente lutava e corria. Confiando na velocidade e no poder de fogo superiores de sua nave, atacava e batia em retirada. Voltava, abrindo fogo novamente. A batalha desenvolvia-se, aproximadamente, numa elipse em volta de Gateway, mas os romulanos já estavam mais cuidadosos e menos dispostos a segui-los quando as naves da Federação fugiam. Sabiam que não iriam muito longe.

Scott mudava de posição, incomodado, na poltrona de comando. Não gostava de ficar sentado ali. Nunca gostara. Era seu dever, que cumpria bem, mas seu primeiro amor era a *Enterprise.* Era um verdadeiro sofrimento físico ver seus motores sendo forçados e ouvir os relatórios de danos.

– O convés B informa uma explosão causada por vazamento de vapores pelo casco, sr. Scott. A unidade de reparos já foi notificada.

Scott assentiu para Uhura, depois voltou-se para o alferes Chekov, que estava no posto dos sensores de Spock.

– Algum informe sobre a nave que atingimos na última passagem, rapaz?

– Sim, senhor. Ela parece estar oscilando. Acho que o sistema giroscópico deles está fora de ação. Também estou captando algum vazamento de radiação... Pode ser a pilha de energia, senhor.

– Muito bem. Duvido que teremos de nos preocupar com essa.

Sulu falou:

– Sr. Scott, eles estão começando a fazer um círculo de novo.

O engenheiro-chefe voltou sua atenção para a tela de proa. As seis naves romulanas ainda em condições estavam virando, formando uma cunha. Scott não entendeu, de início, mas depois visualizou qual era o propósito daquela formação. Pretendiam enfiar a ponta da cunha entre a *Enterprise* e a *Lexington*. Uma vez separadas, as duas naves não poderiam compensar os defletores perdidos por uma e outra.

– Leme fixo em boreste, 0-4-5.6, marco.

– Sim, sr. Scott. – Os dedos de Sulu manejavam os controles.

A *Lexington* também movia-se, aproximando-se de bombordo. As duas naves pareciam dançarinas maciças, porém graciosas. Oscilavam juntas, uma na direção da outra, com seus defletores de popa tocando-se intermitentemente, repelindo uma à outra, com um brilho de aurora boreal. Scott sorriu:

– Boa manobra, sr. Sulu. Vamos ver se eles nos separam agora.

As naves inimigas pararam um pouco, depois desfizeram a cunha. Realinharam-se, aproximadamente em círculo, depois separaram-se, dirigindo-se para as duas naves estelares a velocidades sublumínicas. Três mergulharam para bombordo da *Enterprise* e três para boreste da *Lexington*, phasers lampejando enquanto passavam. As naves da Federação não puderam apontar suas principais baterias de phaser para os atacantes, porque estavam muito juntas. *A Enterprise* sacudiu, sob três impactos diretos; a *Lexington* levou dois.

Sulu voltou-se, entristecido.

– Isso acabou com nossos escudos de bombordo, senhor.

Scott ficou pensando, tamborilando os dedos no braço da poltrona.

– O que Jim Kirk faria nessa situação? – Era o que murmurava. Em sua mente, acrescentou: – *Não se apresse, Scott, meu velho. Se se apressar, vai cair direitinho nas mãos deles. Devagar... faça com que eles é que venham até nós...* – Seus olhos fecharam-se um pouco e concentrou-se na tela.

Os romulanos estavam circulando de novo, mas como caçadores, quando a presa começa a perder as forças. Não se retiraram para muito longe, dessa vez. Scott endireitou-se.

– Alcance, sr. Sulu?

– Quarenta mil quilômetros, senhor.

– Armar todos os torpedos fotônicos. Reduza a potência do banco de phaser de proa à metade. Reduza a zero nos bancos de bombordo. Quando nos sensoriarem, vão pensar que os danos causaram sobrecarga. – *Pelo menos, espero.*

O piloto falou, pouco depois:

– Torpedos fotônicos armados e apontados, sr. Scott.

– Sim, sr. Sulu. Vamos esperar por eles. Agora mesmo devem estar pensando alguma coisa assim: "Então nós os acertamos, hein?" Mas vamos responder-lhes logo, logo. Tenente Uhura, está recebendo alguma coisa da *Lexington?*

– Sim, sr. Scott. Os torpedos fotônicos deles estão também armados e assestados. Informam que perderam os defletores de boreste e de proa na última passagem.

Esperaram. Por fim, as naves romulanas começaram a chegar, arrastando-se lentamente com pequenos impulsos.

– Alcance, sr. Sulu?

– Trinta e cinco mil quilômetros, sr. Scott, aproximando-se.

– Fique de olho neles.

– Sim, senhor.

Scott fechou os olhos e contou até três, bem devagar.

– Fogo, sr. Sulu.

A mão do piloto moveu-se rapidamente por seu painel. A *Enterprise* estremecia um pouco cada vez que um banco de torpedos era lançado. Ninguém respirava.

De repente, a tela foi iluminada por uma forte luz branca. A tripulação da ponte de comando festejou por breves momentos. Scott virou-se para Chekov.

– Situação, rapaz?

– Pegamos uma, senhor! E a *Lexington* pegou outra... Acho que ela acertou mais uma, mas sem causar danos visíveis.

O engenheiro-chefe recostou-se, observando as quatro naves remanescentes, cansado. *Não é o bastante. Já arrancamos os dentes deles, mas ainda são dois contra quatro, e estamos machucados.* Imaginou sua nave ofegante e, em silêncio, pediu-lhe desculpas. *Boa tentativa, mocinha, mas...*

Uhura virou-se para ele, eufórica.

– Sr. Scott! Estamos sendo chamados!

Chekov gesticulava para os sensores.

– Naves, senhor! Cinco! Entrando agora neste setor!

DEZOITO

Zar só pensava em morte e dor. Os sonhos revoluteavam e se transformavam uns nos outros, sem deixar rastros:

Escorregava em uma pressa frenética, sabendo que não fazia diferença, a corda queimando as mãos, e lá estava o corpo dela, cabelo esparramado em leque sobre o gelo, quase encobrindo o ângulo antinatural que o pescoço fazia...

Protegeu o pescoço com o braço, enquanto a vitha saltava, e sentiu o corte das garras...

Juan e Dave, seres humanos despedaçados, vistos por meio da mente de McCoy...

O estranho vazio – estava escuro, ou muito claro – daquele lugar (onde?). Já estivera ali, depois de projetar sua própria morte sobre os guardas romulanos, quando aquele chamado viera, arrastando-o de volta. O vínculo que não podia ignorar, quisesse ou não – chamando com força desesperada, força de vontade, chamando...

Seus olhos abriram-se no escuro. O sonho se fora, deixando nada, senão aquela sensação... De quê?

A memória acorreu de volta. Eles estavam nas ruínas, prontos para voltar ao portal do tempo, e, depois, aqui estava ele. Mexeu-se cuidadosamente, sentiu a conhecida dor dos nervos feridos no ombro e deu-se conta do que acontecera. Enquanto se movia, a dor em seu ombro dardejava para cima, para a cabeça, e descia pela medula. A náusea apertou sua garganta, enquanto segurava a cabeça com as duas mãos, meio convencido de que ela cairia de seus ombros se não a segurasse.

– Não... – Seu próprio sussurro de agonia o surpreendeu. – *Não de novo.* Por favor... – Naquele momento, mesmo sua morte parecia preferível àquele compartilhar involuntário da morte de outrem.

Mas a raiva salvou-o. Quando concentrou-se na raiva e na vergonha de ser deixado para trás, o enjoo acabou. Mentalmente, fez uma pira e amontoou nela todos os olhares frios, toda a ausência, toda palavra negativa, depois incendiou-a com aquele toque de vulcano. As chamas da raiva eram reconfortantes, aqueciam, afastando o mal-estar.

Mas, quando a raiva atingiu um nível mais intenso, porém, algo aconteceu. Era como olhar para um daqueles quadros de Jan Sajii, do tipo em que havia dois perfis, mas só se podia ver um de cada vez. As imagens brancas e pretas – e, de alguma forma, se você ficasse olhando, por algum truque, aparecia uma figura inteiramente nova à sua frente. Tocou o cobertor que fora jogado sobre ele, e vieram-lhe à mente as palavras de McCoy: *Por mais ilógico que pareça, todos os pais tendem a ser superprotetores...*

Quando foi capaz de se mexer, saiu do prédio em ruínas aos tropeções, impedido de suportar o fedor da morte, e sentou-se numa pedra para pensar – planejar. Foram capturados ou estavam em perigo imediato de algum tipo, mas, no momento, ainda viviam. De alguma forma, tinha certeza de que, se Spock morresse, *saberia*, sem contar a preocupação que sentia pelo capitão. Presumindo que ainda estivessem vivos, o acampamento romulano era o primeiro lugar onde procurar.

Pôs as mãos nos bolsos, achou o phaser e o comunicador. Como nunca havia utilizado antes, atrapalhou-se um pouco, mas finalmente abriu um canal e limpou o pigarro.

– *Enterprise?* Tenente Uhura?

Estalidos de estática, depois uma voz de contralto surpresa:

– Zar? Espere até eu codificar! – A voz sumiu e foi substituída logo depois por outra.

– Rapaz, é você? Onde estão o capitão e o sr. Spock?

– Scott, acho que foram capturados. Precisamos ir atrás deles agora! Estão em perigo. – Zar piscou, sentindo uma pontada de dor atrás das têmporas.

– Mas o dispositivo de camuflagem ainda está ligado, rapaz. Não podemos mandar um grupo de terra às cegas. E como sabe que estão em perigo? Você fugiu?

– Eu não fui com eles. – Zar mordeu o lábio, frustrado, depois lembrou-se de algo. – Pergunte ao dr. McCoy, e ele explicará. Posso levar um grupo de terra ao acampamento sem ser visto. Pergunte ao McCoy!

Depois de um pequeno intervalo, ouviu o forte sotaque escocês de novo:

– Está bem, rapaz, não posso ir eu mesmo, mas mandarei uma equipe. Vão direto para você.

Zar lembrou-se de outra coisa.

– O dr. McCoy está aí?

– Sim, estou aqui. O que é? – O médico estava impaciente.

– Há uma trouxa no armário da esquerda em meu quarto. Vou precisar dela. O senhor pode mandá-la para baixo?

– Mandar? Mas, com os diabos... Vou levar! Não ficarei aqui sentado roendo as unhas nem mais um minuto. McCoy desligando.

Zar fechou o canal, aliviado, e esperou pelos outros.

O grupo estava composto de seis membros da segurança, dr. McCoy e a tenente Uhura comandando.

– Como estão as coisas a bordo? – Essa foi a primeira pergunta de Zar, enquanto mastigava um *wafer* das rações de emergência de Uhura.

– Pensei que estávamos acabados, mas o almirante e mais quatro naves vieram – respondeu Uhura. – Sofremos alguns danos, mas, felizmente, nenhuma morte. As naves romulanas se autodestruíram imediatamente. Não pudemos fazer nenhum prisioneiro.

– Imagino que as forças romulanas daqui já saibam do resultado da batalha... – Philips, da força de segurança, estava falando, verificando metodicamente a carga de seu phaser. – Se sabem, estão entrincheirados à nossa espera.

– A menos que o equipamento de comunicações deles seja especial para penetrar o campo de camuflagem, não devem estar sabendo – retrucou Uhura. – Esse dispositivo cria faixas de interferência tão ruins como os escudos de *seli-irínio*. Não consegui captar nenhuma transmissão das naves inimigas para o acampamento.

– Ótimo. – Zar bebeu um gole de água. – Então nosso primeiro movimento deve ser entrar no perímetro deles de novo e encontrar o capitão e o sr. Spock. Posso achá-los... creio. – Fez uma careta e tentou esfregar a poeira do rosto, mas sua mão estava ainda mais suja. – Mas, depois de os acharmos, como vamos sair do acampamento?

– Não temos força para um ataque frontal – disse Uhura, pensativa, traçando linhas na areia com sua unha comprida. – Algum tipo de distração seria o melhor a fazer. Preferivelmente algo que destruísse o dispositivo de camuflagem, ao mesmo tempo. Assim, poderíamos pedir reforços depois.

– Você tem ideia de como ele é? – perguntou Zar.

Uhura meneou a cabeça.

– Vi um que roubamos dos romulanos, há muitos anos. Nada garante que esse seja igual. Mas há uma coisa… – A unha apontou para uma pedra, enquanto pensava em voz alta: – Deve ser grande. Provavelmente, grande demais. Não pode ser deslocado com facilidade. Há uma boa chance de que esteja a bordo da nave de desembarque.

Zar concordou e ficou de pé.

– Isso nos dá algo para começar, então. Destruir a nave, mesmo que não esteja com o dispositivo de camuflagem, deve ser o suficiente para atrair a atenção deles. Vamos!

Zar levou-os de volta ao perímetro rapidamente, garantindo-lhes que não havia romulanos por perto.

– Devem acreditar que a frota deles destruiu ou capturou as forças da Federação e que estão seguros – disse McCoy, ofegando um pouco, quando se agacharam à sombra de uma parede caída. – Ou pensam que não nos atreveríamos a iniciar uma ofensiva, enquanto têm Kirk e Spock como prisioneiros. Mesmo assim, não gosto nada disso. Podem só estar brincando de gato e rato.

Uma sobrancelha inclinada franziu-se, e os olhos cinzentos estavam curiosos.

– Gato e rato? Será outro jogo, como pôquer? – Zar indagou.

– Quase – Uhura sorriu e baixou a voz: – Só podemos continuar avançando. Onde fica o Guardião em relação a este lugar?

– A cerca de 60 metros, naquela direção – respondeu o jovem, apontando. – Antes atravessei o campo de camuflagem em outro local. Achei que vocês não iriam querer que os outros o vissem, já que o capitão disse que é um segredo.

– Certo. – Uhura estava apreensiva. – Mesmo assim, deveríamos verificar se o campo de força foi ativado. Doutor, fique aqui com os outros. Zar e eu vamos ver o campo de força.

Os dois voltaram em minutos.

– Eles conseguiram ligá-lo, pelo menos – disse Uhura, aliviada. – Agora vamos ao acampamento.

O grupo de salvamento vigiou as forças romulanas ao abrigo de uma calçada quebrada numa pequena elevação.

– Nove barracas e um paiol – sussurrou, pensativo, Chu Wong, oficial superior da segurança, seus olhos negros ainda mais estreitados que o normal. – Estou avaliando cerca de oitenta homens.

Uhura olhava para as duas naves lado a lado, no outro extremo do acampamento, em relação a eles.

– Provavelmente menos, tenente, a não ser que tenham transportado para cá mais um grupo, e a nave tenha ido embora.

McCoy olhou para Zar, que olhava direto à frente, atento.

– Em que barraca eles estão, filho?

O jovem estremeceu, piscou e o olhar ficou claro.

– Naquela – disse, com certeza. – A terceira, a partir do extremo esquerdo.

– Os dois estão lá? – Quis saber McCoy.

– Sim – Zar confirmou. Havia captado as emanações emocionais do capitão facilmente, mesmo amortecidas, entremeadas de dor. A presença de Spock era mais difícil de sentir, mas, por fim, captou preocupação e a contínua avaliação lógica da situação. E também dor, mesmo que mascarada, em segundo plano.

— Devem estar amarrados — Zar cochichava. — E o capitão mal está consciente. Acho que está machucado. Estão sozinhos.

— Está bem. — Uhura pensou um pouco. — Zar, se puder causar aquela distração, nós vamos cuidar do capitão e do sr. Spock. Acha que pode chegar lá sem ser visto?

Zar sopesou seu phaser e um sorrisinho rompeu aquela boca usualmente sóbria.

— Fácil. — McCoy também já vira aquele toque de arrogância em outro rosto. — Deem-me 10 minutos e depois preparem-se para correr. Saberão quando. — Com um chiado de tecido raspando em pedra, foi embora.

Spock estava no piso rochoso, sentindo o frio invadir seu corpo. De certa maneira, era uma bênção, pois amortecia a dor dos membros torcidos, das cordas muito apertadas, da mordaça que tornava a respiração uma agonia. Entretanto, o frio era uma tortura para ele, que se sentia perpetuamente congelado em temperaturas que os humanos consideravam apenas confortáveis. Fechou os olhos reunindo as forças, recorrendo aos controles do *vedra prah*, forçando sua mente a aceitar o desconforto, negando-o depois. Teve algum sucesso, mas o esforço consumiu ainda mais as suas reservas físicas. O esgotamento estava próximo e quando viesse...

Quanto tempo havia se passado? A fadiga amortecia seu sentido de tempo, mas voltava, com a disciplina da concentração: 20 minutos e 30 segundos desde que Tal saíra. Uma hora e 14 minutos exatamente desde sua captura. Quantos minutos até morrerem? Ouviu a respiração a seu lado — regular, fraca. O capitão estava dormindo ou inconsciente. O vulcano desejou poder deixar Jim para trás. Não tinha nenhum medo da morte, pois era uma simples falta da existência biológica, com alguma coisa, ou nenhuma coisa que se seguia a ela, mas pensar na morte de Kirk era uma dor que o controle mental não poderia bloquear.

Tempo: quanto lhes restava ainda? Agora Zar já deveria ter acordado e chamado a nave. Sentiu uma pontada de preocupação com a *Enterprise*. Talvez reforços estivessem a caminho? A razão venceu a esperança. Improvável. Involuntariamente, calculou as probabilidades de que alguém a bordo soubesse que eles foram capturados. Ninguém saberia de suas mortes...

Não! Quando a ideia lhe ocorreu, sabia que estava errado. Uma pessoa saberia, tinha certeza, a despeito de toda lógica. Zar sentiria as mortes, a morte dele, pelo vínculo que não poderia ser aceitado ou negado, mas que existia, era um fato e, portanto, indiscutível. *Forjado na mente, temperado no sangue*, o antigo dito vulcano passava por sua mente, acompanhado por seu análogo humano. *Sangue do meu sangue, carne da minha carne...*

Sentiu uma intensa dor porque Zar seria um parceiro inerme de sua morte, contudo não conseguia pensar num jeito de evitar isso. Talvez os romulanos fossem rápidos com ambos.

Kirk saiu de uma dolorida semiconsciência, piscando quando sentiu as costelas contra o chão frio. Quando a mente clareou, começou a esfregar o maxilar fortemente contra a rocha arenosa debaixo do rosto. Ouviu outro ruído de esfregar: era Spock fazendo o mesmo.

Os dois lados de seu rosto estavam em fogo, mas a mordaça escorregou. Cuspiu, teve dificuldade em mover o maxilar para falar, engoliu em seco.

– Spock?

Um resmungo do vulcano, depois a voz calma:

– Capitão, está muito ferido? Esteve inconsciente por muito tempo, desde que Tal saiu...

Kirk estava impaciente.

– Não se importe com isso. Se eles vierem nos desamarrar, sabe o que fazer se tiver uma chance. – Esperou uma resposta. – Droga, Spock! Isso é uma ordem. Eu mesmo faço se tiver oportunidade... – Virou a cabeça para o imediato, ignorando o aperto do pescoço, e percebeu que tinha sido um idiota. Deliberadamente, começou a fazer força, sentindo o laço apertar a garganta, e segurando a respiração, apesar da dor nas costelas e na garganta.

– Jim, não!

O vulcano moveu-se, ignorando o puxão do laço em sua própria garganta, em vão tentando alcançar aquele corpo que se debatia, cada vez menos. Depois, atrás dele, ouviu a porta se abrir e uma exclamação abafada. Era a voz de Tal:

– Kirk, não! – Pés tropeçaram sobre as pernas do vulcano, enquanto o romulano lançava-se por entre eles.

Spock ouviu o raspar de uma lâmina contra as cordas e sabia que o oficial romulano estava cortando as do capitão. Prestou atenção em sua sensível audição e ouviu um engasgar. Kirk ainda não morrera.

O chão debaixo deles sacudiu, e o comandante saiu voando entre os dois prisioneiros, com a força da explosão. Pedaços de pedra e fragmentos diversos choveram contra a resistente parede da barraca, e, aos poucos, as ondas de choque sumiram. Tal levantou-se e saiu correndo, gritando ordens e perguntando, deixando os dois oficiais da Federação sozinhos de novo.

Lá fora, Spock podia ouvir gritos, ordens e correria. Lá dentro, só a respiração entrecortada de Kirk. Chamou seu capitão repetidas vezes, mas Kirk estava inconsciente ou incapaz de falar. Parou no meio de uma cautelosa pergunta para ouvir que alguém rasgava a barraca, e depois uma voz. *Uhura? Impossível.* Mas era mesmo.

– Graças a Deus que os encontramos, senhor. – Mãos delicadas, mas movendo-se com segurança, cortaram suas cordas, e o vulcano sentou-se, piscando ao tirar a venda dos olhos. Mesmo à luz fraca da barraca, era difícil discernir as feições da tenente. Seus olhos lacrimejavam depois de tanto tempo de escuridão total.

– O capitão... – Mas logo ouviu um murmúrio de McCoy.

– Jim está bem... dependendo do que você acha que é "estar bem". Choque, esgotamento, três costelas quebradas... Vai logo para a enfermaria. Mas, se o conheço, vai querer... – O vulcano ouviu várias injeções, e McCoy reclamando de novo: – ... o pior paciente em toda a Frota Estelar. Não vai descansar, quer fazer tudo sozinho. Vai ver só...

Agora Spock enxergava bem e observou o médico, sem interromper o monólogo, enrolando o tórax de Kirk numa bandagem elástica que se ajustava ao corpo automaticamente, dando o máximo suporte possível.

Quando McCoy terminara, Kirk estava consciente.

– Magro... Uhura... Que bom ver vocês. Como chegaram aqui? – Seus olhos castanhos voltaram-se para o vulcano e demonstraram estranheza. – Parece que houve uma explosão ou era na minha cabeça? Várias explosões... – Tentava retomar fôlego.

– Não, Jim – respondeu McCoy. – Foi Zar. Nós o mandamos distrair os romulanos, e ele explodiu suas duas naves. Deve ter sobrecarregado seu phaser.

– Ele está bem? – Algo na voz do vulcano fez os três se voltarem para ele.

– Não o vimos, senhor – respondeu-lhe Uhura. – Presumo que tenha fugido da zona da explosão. Vamos, vamos sair daqui, se o senhor puder andar, capitão.

– Estou bem. – Mas não era o que transparecia no rosto de Kirk ao levantar-se e não recusou o suporte dos braços do médico e do seu primeiro oficial.

Uma vez fora do acampamento, Uhura chamou a *Enterprise*.

– *Enterprise*. Scott falando.

Uhura entregou o comunicador para Kirk.

– Scott, é o capitão. Em que condição estamos?

– Fazendo reparos, senhor, mas, em geral, tivemos sorte. Sem baixas, poucos feridos, só um caso grave. McCoy poderá informá-lo melhor sobre isso. O almirante Komack já chamou e está no outro canal agora mesmo. O dispositivo de camuflagem se foi, senhor – continuou, após pequena pausa. – O almirante Komack diz que monitorou uma explosão aí embaixo.

– Sim. Ligue-me com ele, Scott.

Enquanto Kirk falava com o almirante, Spock, McCoy e Uhura foram ver os restos do acampamento romulano. A explosão esmagara diversas barracas mais próximas às naves destruídas, e havia tumulto por todo lado. Enquanto observavam, uma tropa de fuzileiros da Federação marchava pelo centro do acampamento, phasers pesados prontos para disparar. Ao longe, ouviam ocasionalmente o disparo de phasers ligados ao nível máximo para atordoar.

– Não é da segurança da *Enterprise* – observou McCoy.

– Devo especular que o almirante Komack enviou-os assim que o dispositivo de camuflagem foi removido, doutor – disse

Spock, sem desviar o olhar dos corpos caídos perto da explosão. McCoy, de repente, percebeu a quem o vulcano procurava, e, num acordo silencioso, os dois foram de volta para o acampamento. As únicas baixas, porém, usavam uniformes romulanos. Abriram caminho entre eles, e McCoy ocasionalmente abaixava para olhar melhor algum corpo e chamava o pessoal médico da Federação para socorrer os romulanos ainda vivos.

– De fato, tivemos muita sorte – dizia o médico, depois de terminar sua busca entre os corpos. – Poderia ser pior. Aquela explosão foi quase totalmente contida pelo casco das duas naves. Foi calculada para destruir o mínimo...

– Magro, Spock! – Voltaram-se e viram Kirk caminhando com dificuldade até eles. – O almirante informa que nossas forças estão dominando quase totalmente a situação. Uhura está encarregada de vigiar os prisioneiros. Chu Wong e os dele estão no esquadrão de rescaldo.

– Ótimo – McCoy disse, encerrando o assunto. – Isso quer dizer que Spock pode ficar aqui, procurando Zar, e eu posso levar você para a enfermaria, antes que desmaie. O almirante Komack já é senhor da situação.

– Não tão depressa, Magro. Esqueceu uma coisa. Enquanto este planeta estiver fervilhando com pessoal não autorizado, precisaremos de vigilância constante sobre o Guardião. Nós três estamos destacados para isso até que todas as forças romulanas e da Federação tenham sido retiradas da superfície. Vamos.

A despeito dos protestos de Kirk de que estava bem, o caminho de volta ao portal do tempo foi lento. Por várias vezes, o capitão foi forçado a descansar, ignorando os protestos de McCoy de que deveria ser levado de volta à *Enterprise* e deixar os outros de guarda junto ao portal do tempo.

Por fim, avistaram o monólito. Enquanto aproximavam-se lentamente, McCoy avistou algo e tocou o braço de Spock. O vulcano já vira a areia levantando do outro lado do portal. Momentos depois, sons de luta vieram até eles. Spock e McCoy saíram correndo, e Kirk, enterrando os dentes nos lábios, tentou apressar-se.

Os dois oficiais deram a volta na parede do templo e viram dois vultos escuros no chão, com ocasionais sons inarticulados de dor, um tentando agarrar a garganta do outro. Para surpresa de McCoy, ambos usavam uniforme romulano, e pensou por que os dois estariam brigando, antes de reconhecer Zar, debaixo de manchas de sangue misturado com areia cinza.

A voz de Spock ressoou alto, cortando os ruídos de agonia do pugilato:

– Tal, solte essa arma. Agora!

# DEZENOVE

Ao som da voz de Spock, a luta intensificou-se, até que os assistentes mal podiam ver com a poeira que era levantada. O médico ouviu sua própria voz, tensa e ansiosa:

– Spock, seu phaser! Nocauteie Tal! – Do engalfinhamento no chão, uma mão, a de Tal, reconhecível pela insígnia romulana, esticou-se e procurou ir para o outro braço. Zar viu o cano da arma se virando para sua cabeça e investiu loucamente contra o corpo do romulano. Spock hesitou, esperando um bom ângulo para atirar.

McCoy atirou-se para a arma do vulcano.

– Nocauteie os dois, por Deus! Ele vai matar Zar! – Pelo canto do olho, viu o joelho do jovem golpear e ouviu um gemido de Tal, então os dedos de McCoy fecharam-se em torno do phaser, e ele virou para atirar.

Spock empurrou a mão do médico, prejudicando sua pontaria, quando viram o brilho de uma faca na mão de Zar. Ouviram o golpe abafado, ao entrar na nuca de Tal, e o romulano caiu prostrado.

Zar deixou-o esparramado na poeira, enquanto se ajoelhava, apoiando-se com dificuldade numa pedra ao lado. A respiração do jovem era quase um soluço... o único som ali por perto.

McCoy foi até o romulano e virou-o, depois surpreendeu-se ao ver que suas mãos não se sujaram no sangue dele. Kirk chegou, e os dois admiraram-se com as palavras de Zar para Spock – formais, quase rituais.

– Assim como fui sombra para tua vida, tua sombra agora se projeta sobre mim. – Zar endireitou-se, fisionomia tensa. – Acertei-o com o cabo, não com a lâmina.

Tal gemeu, e McCoy rapidamente pegou uma carga para sua injeção e apertou-a no ombro do comandante. O romulano caiu de novo.

– Isso vai segurá-lo, Magro. Vamos levá-lo para cima conosco.

– Como o achou, Zar? – perguntou o médico, pondo-se de pé. – E onde arranjou esse uniforme?

– Voltei aqui para me certificar de que ninguém mexeria no Guardião. Então o encontrei cavando ao redor da unidade que instalamos. Cheguei bem perto, utilizando o uniforme de um dos sentinelas, antes de colocar meu phaser em sobrecarga.

– E pensar que não queríamos que você viesse conosco porque Spock pensou que iria se machucar. – Kirk baixou-se, com cuidado, sentando-se numa coluna caída, sacudindo a cabeça. – Diga-me. Já pensou em alistar-se na Frota Estelar? Poderíamos dar emprego a alguém com o seu talento.

Zar começou a dizer algo, mas logo se arrependeu. Enquanto observavam, sua expressão mudou. Ficou sombria, remota.

– Receio que não, capitão. – Dirigiu-se a McCoy: – O senhor trouxe aquela trouxa que mencionei?

McCoy apontou.

– Está ali. O que tem dentro?

– Roupas – Zar respondeu, lacônico, abaixando-se para pegá-la, e foi para trás de uma pedra.

O médico não sabia o que dizer, depois olhou para o portal do tempo, calmo, sem vida.

– Tremendo trabalho por uma enorme rosquinha de pedra. Não, Jim?

Kirk concordou, um eco de tristeza na voz:

– Mas ainda valeu a pena, Magro. Sempre vale.

Foi Spock que viu Zar voltando, depois de trocar de roupa, e os outros oficiais viraram-se, com seu espanto.

A túnica de couro estava apertada agora, e os calções esticavam-se em torno de pernas musculosas, acima das botas de peles. Só o casaco de pele cinza, até o chão, parecia o mesmo de sete semanas atrás. Zar baixou-se, pegou a sacola de couro com seus poucos pertences do passado e a colocou a tiracolo. Olhou para todos, expressão calma e alerta.

Spock foi o primeiro a conseguir dizer alguma coisa, que soou incoerentemente normal:

– Vai voltar?

– Sim. – O tom remoto desapareceu ao encontrar os olhos de Spock, observou o pai levantar-se para encará-lo. – Preciso ir. Arriscamos nossa vida para garantir que a história não fosse mudada, e tenho razões para acreditar que, se não voltar, ela mudará. Precisam de mim por lá... – Sua boca quase conseguiu sorrir. – Precisam de mim, e será como se nunca estivesse estado aqui, apesar da bondosa sugestão do capitão. McCoy tinha razão. Dois de nós é demais. Não quero passar a vida tentando ficar longe de sua sombra... É o que aconteceria. Vou embora. Que melhor lugar para ir que a um planeta onde minhas habilidades, o que quer que eu tenha para oferecer... ensinar... são muito necessárias? – Sua voz abrandou: – Afinal de contas, é o meu lar.

– O que o leva a crer que mudará a história se não voltar? Viver naquela solidão gelada sozinho... – Spock estava quase protestando.

– Não estarei só. Em vez do hemisfério norte de Sarpeidon, vou para o sul... para o Vale Lakreo. – Zar viu, pelos olhos de Spock, que o pai reconhecia o seu destino.

– Vale Lakreo, há 5 mil anos? – Kirk perguntou. – Eu... Qual é a importância disso?

– Pergunte ao sr. Spo... – Zar hesitou e empertigou ainda mais os ombros. – Pergunte a meu pai. Tenho certeza de que ele se lembra.

– O Vale Lakreo... o equivalente, em Sarpeidon, à civilização entre o Tigre e o Eufrates na Terra... ou do Khal, em R'sev, em Vulcano. Um notável despertar da cultura. Num período relativamente curto, as tribos de caçadores e coletores desenvolveram muitos dos elementos básicos da civilização. Uma língua escrita e falada, o zero, e a agricultura... – O seco recitar do vulcano parou, e Zar continuou a lista, olhos brilhantes.

– A domesticação dos animais, a fundição dos metais, a arquitetura. Mais que isso. Tudo num período muito curto. Um desenvolvimento sem precedentes na história de um povo. Um crescimento tão rápido logicamente indica que tiveram ajuda. Tenho fortes evidências para acreditar que eu fui essa ajuda.

– Mas Beta Niobe... – McCoy começou e parou. Zar concordou, sério.

– Sim, logo vai explodir. Mas meu povo terá 5 mil anos de civilização que de outro modo poderia não ter. Cinco mil anos é um período respeitável para qualquer um, especialmente ao pensar que a cultura não morreu. Está tudo lá, as coisas importantes, nos bancos de memória dos computadores da Federação, onde nós vimos. – Respirou fundo. – Tenho certeza de que é isso o que devo fazer. Sem mim não haverá nenhum despertar da cultura. Ou talvez uma cultura diferente, e isso mudaria a história.

Um pouco da tensão que estava no ar dissipou-se quando Zar sorriu.

– Toda a ideia parece incrivelmente arrogante quando eu a ouço dita em voz alta.

McCoy limpou a garganta.

– Não me preocuparia com isso. Você chegou a essa conclusão honestamente. – Talvez tivesse observado uma sombra daquele mesmo sorriso abrandar a expressão do vulcano por um segundo, às suas palavras, e não tinha certeza, mas Spock estava concordando com a cabeça.

– Primeiro percebi a verdade no outro dia, pouco antes do grupo de terra morrer. Estava estudando as fitas que Spock estivera lendo e mais algumas que encontrei na biblioteca. As coisas começaram a fazer sentido. – Deu de ombros, dando pouco valor a si mesmo. – Vocês nunca pensaram por que minha mãe aprendeu inglês?

Zar ia virar-se para ir embora rumo ao portal do tempo. A voz de Spock deteve-o:

– Espere. – O vulcano limpou a garganta, e sua voz saiu suave, mas perfeitamente clara: – Eu estava... planejando. Pensando. Antes que você falasse em ir embora, quero dizer. Gostaria que você me acompanhasse a Vulcano para conhecer... a família. Tem certeza de que precisa ir?

Zar assentiu, sem falar.

Spock respirou fundo.

– Você precisa fazer o que decidiu que é o certo. Mas primeiro... – Aproximou-se do jovem, esticou a mão, dedos em direção à sua cabeça. Zar ficou tenso, depois relaxou visivelmente quando os dedos finos do pai pressionaram de leve entre as sobrancelhas inclinadas, iguais às do vulcano. Os dois ficaram ali, de pé, olhos fechados, por longos momentos.

Kirk nunca vira dois telepatas em fusão mental e não percebera que os pontos de contato cheios de tensão não eram necessários. O contato era delicado, nada dramático, quase suave. Por fim, Spock deixou cair a mão, e o cansaço caiu sobre ele como uma túnica.

Os olhos de Zar abriram-se, e ele tomou fôlego, piscando.

– A fusão... – Estava visivelmente abalado. – A verdade... é um grande dom...

– Ninguém tem maior direito de saber. – A voz de Spock estava mais grave que o usual, e a expressão em seus olhos era reflexo da expressão de Zar.

O rapaz afastou-se um momento para apertar a mão de Kirk.

– Capitão, é melhor que os outros pensem que morri na explosão ou na luta com Tal. Ninguém precisa saber que usei o portal do tempo. – Olhou para trás, para o gigantesco oval de pedra. – Tenho a sensação de que não será permitido que mais ninguém o use. Chegamos muito perto do desastre desta vez.

– O almirante Komack esteve raciocinando nessa mesma linha, de modo que você provavelmente está certo, Zar. Sabe que isso significa que não poderá mudar de ideia. Além do mais, não há portal do outro lado. Tem certeza de que é isso o que quer?

– Tenho certeza, capitão. É a coisa certa para mim.

– Desejo-lhe sorte, então. Como o Guardião vai saber onde colocá-lo?

– Ele vai saber. – Zar soava tão confiante que Kirk não discutiu. Apertaram as mãos de novo, e o jovem franziu a testa.

– Uma coisa me preocupa, capitão. Haverá problemas por ter quebrado a Ordem Geral Nove?

Kirk riu um pouco, depois parou quando as costelas protestaram.

– Foi registrado que você se apresentou como voluntário, e você é um adulto. Sob as circunstâncias, eles vão relevar. Afinal, foi você quem salvou a situação.

Zar ergueu a sobrancelha.

– Mas eu tive ajuda, capitão... – O riso nos olhos cinzentos desapareceu, enquanto ele se inclinou e murmurou: – Tome conta dele, por favor.

Kirk assentiu.

A voz de McCoy estava embargada quando apertaram as mãos.

– Cuide-se, meu filho. Lembre-se de jogar como lhe ensinei.

– Vou me lembrar. Precisarei ensinar meu povo como jogar pôquer antes de ter uma chance de pôr em prática tudo o que me ensinou. Mas pense só na vantagem que terei! – Os olhos cinzentos diziam o contrário daquelas palavras brincalhonas. – Vou sentir sua falta. Sabe, indiretamente, o senhor é o culpado por minha decisão.

– Eu?

– Sim, o senhor foi o único que me disse para crescer. E percebi, quando li aquelas páginas da história, que não seria fácil. Mas estou tentando.

– Está se saindo muito bem. – McCoy respirou fundo, tentou sorrir.

Zar foi até o Guardião, baixou-se e removeu o último fio do campo de força. Endireitando-se, olhou para Spock e disse uma frase em vulcano. O outro replicou em poucas palavras, na mesma língua. Virando-se, Zar pousou uma mão na rocha azul-cinza e ficou em silêncio, cabeça inclinada por um longo momento.

O portal do tempo não falou desta vez. Em vez do vapor usual e imagens revoluteantes, uma imagem surgiu nítida no seu meio, fixa. Viam montanhas a distância, e rios azuis passando por gramados de capim. *Beta Niobe,* não mais com aquele aspecto raivoso, estava alta, e sabiam que era verão.

Zar virou a cabeça, dirigiu-se a Spock uma última vez.

– Deixo-lhes meus quadros, passados e futuros, como um símbolo. – Então saltou, com a graça de um gato, pelo Portal.

Viram-no pousar, observaram-no puxar o capuz e expor a cabeça ao calor, viram suas narinas dilatando-se ao respirar. Kirk imaginou se o jovem ainda poderia vê-los, mas pensou que, provavelmente, não. Então, houve um movimento junto ao seu cotovelo. Spock, olhos fixos, estava indo para o Guardião. Um passo, dois, três...

E então Kirk, movendo-se num sobressalto que fez doer suas costelas, a voz baixa, desesperada:

– *Spock. Ele não precisa de você.* – Imaginou se o vulcano captara o acréscimo não pronunciado: E eu... nós... precisamos.

Enquanto ficaram ali, olhando, o movimento do vulcano parou, suspenso, e a imagem tremeluziu e desapareceu para sempre.

EPÍLOGO

"Noite", a bordo da grande nave estelar. As luzes estavam amortecidas, os corredores, quietos. Ocasionalmente, membros da tripulação, voltando a seus aposentos depois de trabalhar até mais tarde ou dirigindo-se ao primeiro turno da madrugada, moviam-se sem fazer barulho. Mesmo o turboelevador parecia mais silencioso quando Kirk deixou seu pequeno interior, entrando num convés. Foi até uma porta, hesitou, deu sinal.

– Entre – disse uma voz lá de dentro quase imediatamente. Como desconfiava, o vulcano não fora dormir. Estava sentado à sua mesa, microleitora ainda ligada. Kirk sentou-se ao seu sinal.

– Saudações, capitão.

– Saudações, sr. Spock. Pensei em fazer uma visitinha e ver como está passando. – Esticou-se, tomando cuidado com suas costelas. – Foi um dia cheio!

– Concordo. – Os olhos do vulcano estavam abatidos com o cansaço, mas tinham uma centelha lá no fundo. – O serviço fúnebre que o senhor celebrou hoje foi... muito adequado, capitão. Tenho certeza de que as famílias dos arqueólogos e dos tripulantes também concordam.

Kirk suspirou.

– A única coisa que tornava tudo suportável era saber que um dos nomes da lista não deveria, de fato, estar lá. Ou será que não? Não sei como devo relembrá-lo. Se como alguém vivo,

235

só que do outro lado dos séculos, ou como alguém que... morreu... há 5 mil anos. – Spock não respondeu. Seu olhar estava fixo de novo na tela à sua frente. – Notou quantos amigos ele fez no curto período em que esteve conosco, Spock? Christine Chapel, Uhura, Scott, Sulu... Mesmo tripulantes que não reconheci. Aquela jovem cadete... qual o nome dela?

– McNair. Teresa McNair.

– Gostaria de dizer-lhes a verdade. Isso tornaria tudo mais fácil. São essas as pinturas dele? Kirk foi até as telas encostadas e, depois de um assentimento do vulcano, começou a examiná-las, uma por uma.

– Sim – respondeu Spock, observando. – Pensei em dar algumas aos seus amigos. Acredito que gostariam. Um presente... em lugar da verdade que não podem saber.

– Seria generoso de sua parte e sei que significaria muito para eles. – Kirk mordeu o lábio, olhando abstraidamente para a última pintura, depois fechou o punho de repente e golpeou a parede. – Diabos! Se ao menos tivéssemos certeza de que ele conseguiu! Isso não o incomoda, Spock? Já imaginou?

O vulcano olhava para ele com a centelha nos olhos de novo, e Kirk via exultação, triunfo na voz normalmente monótona:

– Ele conseguiu, capitão. Tenho uma prova.

Dedos compridos ligaram a microleitora, enquanto Kirk voltava para a mesa.

– Deixou os quadros para mim, lembra-se? Os quadros, passado e futuro, como disse ele. Aqui está, Jim. O símbolo que ele encontrou, aquele que lhe disse que tinha que voltar. Aqui.

Kirk olhou para a leitora e viu a imagem na tela. Parte de sua mente leu mecanicamente a legenda, algo sobre "um friso da parede de um palácio na cidade comercial de Nova Araen...

que, acredita-se, tenha algum significado esotérico religioso...",
mas seus olhos estavam tão arrebatados pela imagem que as
palavras faziam pouco sentido. Nem precisavam.

Contra um fundo escuro, salpicado de branco, surgia a forma
familiar, as formas elegantes das *naceles* de energia sobre um
grande disco, um pouco distorcido, mas ainda inconfundível –
retratado em sua passagem pelo espaço.

A nave, e, embaixo, uma mão, palma aberta, os dedos ven-
cendo o tempo e a distância, na saudação vulcana.

AGRADECIMENTOS

Eu sempre quis olhar para a página de agradecimentos de um livro e ler: "Fiz tudo *sozinha*!". Mas eu não poderia dizer isso aqui, porque preciso agradecer a muitas pessoas pela ajuda em terminar e promover *Portal do tempo*.

Por sua ajuda com as etapas de escrita, edição e revisão, agradeço a:

Debby Marshall, a melhor amiga que uma escritora poderia ter.

O'Malley, a Rainha de Copas ("Quem se importa, Ann? Ninguém se importa com um detalhe idiota como esse, ele não ajuda em nada na história. Cortem! Cortem a cabeça dele!"), que é uma editora incrível – mas não a peça para soletrar...

Hope e George Tickell, meus pais, que revisaram e xerocaram.

Faith E. Treadwell, minha irmã, que leu e comentou.

Jamie e Norman Jette, pela aula de física.

Sam R. Covington, por me ensinar a importância de pesquisar.

Robert B. e Lois Pleas, pelos comentários adequados feitos no trabalho de um estranho.

Beverly Volker, uma boa editora e uma boa pessoa com quem se assinar um contrato.

Randy L. Crispin, meu marido, por me dar um motivo para escrever.

Delma Frankel, a meticulosa leitora final que se mostrou cheia de surpresas.

E, pelo apoio moral e pelo encorajamento durante longos anos de incerteza, agradeço a:

Andre Norton, que encantou tantas pessoas com incontáveis maravilhas.

Jacqueline Lichtenberg, não apenas uma boa escritora, mas também uma pessoa gentil e graciosa que sai do próprio caminho para ajudar os outros a começarem os deles.

Anne Moroz, que finalmente achou um lugar seguro.

Teresa L. Bigbee, que aguenta escritores e suas exigências insanas com boa vontade, senso de humor e muitos comentários e sugestões úteis.

Mary M. Schmidt, e Lynxie, é claro.

Howard Weinstein, psicoterapeuta amador, e escritor realmente profissional.

John McCAll, consultor profissional de ficção, e dos bons.

E, finalmente, um agradecimento especial a Shoshana (Susie) Hathaway, pela ideia que me deu, muito tempo atrás, em um Universo recentemente redescoberto.

Informações úteis sobre o universo de Star Trek

Academia da Frota Estelar
　Centro de treinamento e formação dos oficiais da Frota Estelar. Um dos seus testes mais conhecidos é o *Kobayashi Maru*, um exame prático que testa a capacidade de comando e o caráter daqueles que almejam o posto de capitão de nave estelar.

Biblioteca de Atoz
　Um gigantesco arquivo encontrado por Kirk, Spock e McCoy quando estiveram pela primeira vez no planeta Sarpeidon. Atoz, um ser humanoide, era o administrador dessa biblioteca. Em inglês, seu nome é um jogo de palavras: *A-TO-Z*, ou seja, "de A a Z". Seus arquivos não continham livros, mas períodos da história do planeta. Quando Sarpeidon estava à beira da destruição, seus habitantes foram preparados pelo computador Atavachron para viajar no tempo e se refugiar em épocas diferentes da história do planeta.

Conselho da Federação
　Órgão de maior autoridade na Federação de Planetas, organiza os planetas-membros e constantemente avalia suas

próprias decisões. O Conselho se fiscaliza e se gerencia. Fazem parte dele as mentes mais sábias da Federação, entre elas diplomatas, educadores, dirigentes e cientistas.

Comando da Frota Estelar

Localizado na São Francisco do século 23, onde as decisões mais importantes da Federação de Planetas são tomadas. A Federação é uma organização política, econômica e social, fundamentada no conceito da diversidade, com diferentes mundos, raças e culturas. Reconhece os direitos de todos os seres à autodeterminação, o direito de escolher e seguir seu destino.

Escudos defletores

Uma barreira física invisível que suporta cargas (disparos e impactos) de altíssima intensidade. Todos os escudos do sistema de defesa são ativados automaticamente por qualquer objeto em rota de colisão com a nave.

Frota Estelar

Uma divisão de segurança e pesquisa da Federação de Planetas que controla a navegação espacial. Frequentemente toma decisões sobre o bem-estar das civilizações. Apesar de ser taxada de braço militar da Federação, a Frota é controlada por leis muito rígidas, como a chamada Primeira Diretriz, que proíbe a interferência física, política ou ideológica em outras civilizações.

Império Klingon

O planeta natal dos klingons foi sacudido, durante séculos, por uma brutal guerra civil, até que, 400 anos antes da formação da Federação de Planetas, um poderoso líder, Kahless, "o Inesquecível", uniu as tribos guerreiras, iniciando um período de conquistas e dominações com o mote: "Todos e tudo o que encontrarmos é nosso para comandar". O Império Klingon, preponderantemente militar, é constituído por vários planetas sob um regime violento e ditatorial. A guerra é o conceito central da religião klingon – um complexo código de ritual, honra e crueldade – e tem suas bases firmadas na conquista de outros planetas. Seus objetivos chocam-se diretamente com os interesses da Federação. Várias vezes, naves da Frota Estelar, incluindo a *Enterprise*, tiveram confrontos com cruzadores de batalha klingons. Entretanto, nunca ocorreu uma guerra interestelar, graças ao Tratado de Paz Organiano, firmado pelas duas partes.

Komack

Um dos principais oficiais do Almirantado da Frota Estelar. Durante os eventos que levaram ao *pon farr* de Spock, o almirante Komack ordenou que a *Enterprise* se apresentasse para uma cerimônia diplomática da Federação. Kirk desobedeceu às ordens e foi até Vulcano ajudar Spock, só escapando da Corte Marcial graças à intervenção de T'Pau.

Koon-ut-Kal-if-fee

A cerimônia conhecida como *Koon-ut-Kal-if-fee* ("casamento ou desafio") é feita em um terreno específico para ela. Por meio de um acordo de casamento entre as famílias, os meninos e as meninas vulcanos predestinados realizam um ritual telepático que produzirá uma compulsão para que o macho faça uma jornada até o local do *Koon-ut-Kal-if-fee* durante seu período de *pon farr*. A fêmea envolvida escolhe entre *Kah-if-farr* (casamento sem desafio) ou *Kah-if-fee* (desafio, com dois rivais machos lutando até a morte pela fêmea).

Omicron Ceti III

Planeta agrícola bombardeado por um fenômeno natural nocivo à vida animal: os raios Berthold. Em missão no planeta, a tripulação da *Enterprise* descobriu que um tipo de esporos poderia anular os efeitos mortais dos raios. Ao inalar esses esporos, o ser humano pode ficar indefinidamente exposto aos raios, mas perde completamente o senso de responsabilidade e fica para sempre à mercê da infecção. Quando foi infectado pelos esporos, Spock deixou transparecer seu lado humano apaixonando--se por uma mulher. ("Deste lado do paraíso", temporada 1.)

Ordem Geral

Um compilado de diretrizes que estabelece a regulamentação básica da Frota Estelar. São as leis mais rígidas da Frota e que acarretam as maiores penas ao serem desobedecidas. A violação, por exemplo, da Ordem Geral Sete – proibição incondicional de visitar o planeta Talos IV – é punível com a morte.

Phaser

Armamento básico da Frota Estelar que sobrepujou o antigo laser. É usado em armas portáteis para defesa pessoal, canhões de pequeno porte e em bancos de armazenamento de astronaves para ataque e defesa em manobras no espaço.

Rádio subespacial

Instrumento de comunicação que garante contato instantâneo entre dois pontos da galáxia. A depender da localização de uma nave no espaço, sua transmissão pode demorar dias para alcançar o local desejado mesmo em frequência subespacial. Tem grande importância na exploração espacial.

T'Pau

Mulher mais importante e proeminente de Vulcano. Sábia e possuidora de uma lógica incomparável, T'Pau tem laços muito estreitos com a família de Spock, tanto que realizou a cerimônia de *pon farr* quando o oficial de ciências da *Enterprise* se reuniu com T'Pring.

T'Pring

Princesa vulcana prometida para Spock desde a infância dos dois para o período do *pon farr* – uma espécie de ciclo de reprodução vulcana. Durante esse período o macho deve se reunir à fêmea para o acasalamento. Na época do *pon farr* de Spock, a mulher vulcana poderia optar pelo combate, rejeitando o homem a quem foi prometida, e escolher um campeão para lutar por ela e tomá-la como esposa. T'Pring rejeitou o primeiro oficial da *Enterprise,* escolhendo o capitão Kirk para defendê-la, tendo por objetivo livrar-se dos dois e ficar desimpedida para Stonn, um outro pretendente. ("Tempo de loucura", temporada 2.)

Transportador

Um aparelho de teleporte que desmaterializa qualquer pessoa, "dissolvendo" sua estrutura atômica e materializando-a novamente em qualquer outra parte. Um transportador permite o desembarque da tripulação ou da carga de uma nave sem necessidade de uma nave auxiliar.

Tricorder

Aparelho portátil de múltiplas funções, misto de computador e sensor. Mede, analisa e arquiva uma infinidade de parâmetros. Existem várias versões, dependendo das especialidades: o tricorder médico tem suas funções voltadas para análise de órgãos internos de seres vivos; o de engenharia, para análise de materiais etc.

Vulcano

Um dos principais planetas da Federação. Conhecido por suas temperaturas elevadas durante o dia e muito baixas durante a noite, esse exótico mundo tem atmosfera muito rarefeita, dificultando a respiração para humanos. Vulcano passou por um sangrento período em que diversas tribos combateram entre si para obter a soberania do planeta. Surak, um mestre da filosofia, da política e da história, usando seus grandes conhecimentos e sua superior capacidade de comunicação telepática, iniciou uma campanha com a intenção de substituir as emoções pela lógica. Graças a essa "disciplina lógica", os vulcanos conseguiram escapar da destruição e floresceram como uma das raças mais inteligentes, sábias e pacíficas do Universo.

Zona Neutra Romulana

Uma demarcação tridimensional que separa dois setores da galáxia, guardada por satélites de defesa e monitoramento de ambos os lados, sendo um controlado pela Federação e o outro pelo Império Romulano. Ferrenhos inimigos da raça humana, os romulanos, no século 22, travaram uma violenta guerra com naves da Terra. A trégua só foi estabelecida após o Tratado de Dannon, no qual foi criada uma "Zona Neutra", que separa os dois territórios. Os romulanos têm uma configuração física semelhante à dos vulcanos, inclusive as inconfundíveis orelhas pontudas. Mesmo se mantendo em sua área, os romulanos frequentemente fazem incursões à zona controlada pela Federação.

TIPOLOGIA:	Palatino LT Std 10.5x16 [texto]
	Andale Mono 20x24 [título]
PAPEL:	Pólen bold 80 g/m² [miolo]
	Cartão supremo 250g/m² [capa]
IMPRESSÃO:	Edições Loyola [março de 2016]